BOILEAU

SATIRES

Extrait des ŒUVRES CLASSIQUES de BOILEAU

(Collection DES GRANGES)

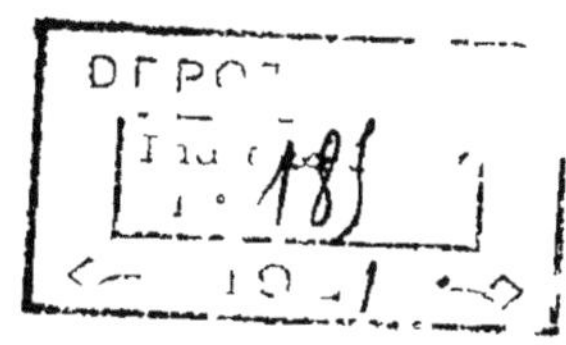

PARIS

LIBRAIRIE HATIER

8, rue d'Assas, 8

8° Ye
10013

NOTICE SUR BOILEAU

Nicolas Boileau Despréaux est né à Paris, en 1636 (date du *Cid*), près du Palais de Justice Il était le onzième enfant de Gilles Boileau, greffier au Parlement. Deux de ses frères, Gilles l'avocat et l'abbé Boileau, furent aussi célèbres que lui au XVII° siècle.

Après de bonnes études latines au collège d'Harcourt, Nicolas fit son droit ; mais il n'avait aucun goût pour la chicane ; et quand son père fut mort, il vécut en petit rentier bourgeois et en homme de lettres indépendant. A partir de 1660, il se mit à composer des *Satires*, qu'il récitait volontiers à ses amis. Il eût peut-être beaucoup tardé à les faire imprimer si, en 1666, sept de ses Satires, écrites de mémoire par quelqu'un de ses auditeurs, n'avaient été publiées, à son insu et très incorrectement, dans un *Recueil* paru en Hollande. Boileau se décida à donner une édition correcte de ses Satires I à VII, à la fin de l'année 1666 ; il y ajouta, en 1668, les Satires VIII et IX.

Viennent ensuite plusieurs *Epîtres*, le *Lutrin* (1673), l'*Art poétique* (1674), la traduction du *Traité du Sublime* de Longin, d'autres Satires et Epîtres.

En 1677, Boileau est nommé, avec Racine, historiographe du Roi Il n'est pas encore membre de l'Académie française, où il ne sera reçu qu'en 1684, sur l'ordre de Louis XIV. — De 1687 à 1700, il est surtout occupé par la querelle des Anciens et des Modernes ; il combat Ch. Perrault et Fontenelle. A cette querelle se rattachent l'*Ode sur la prise de Namur*, les *Réflexions sur Longin* et la *Satire* X (sur les Femmes). De 1695 à 1711, Boileau compose ses trois dernières Epîtres (X, XI, XII) et ses deux dernières Satires (XI et XII). Il meurt en 1711 et il est inhumé à la Sainte Chapelle. Ses restes furent, en 1809, transférés en l'eglise Saint-Germain-des-Prés.

Pour bien comprendre le caractère, le talent et l'influence de Boileau, il ne faut pas le séparer de son temps. L'état de la poésie française en 1660 explique et justifie son œuvre satirique. Les poètes qu'il attaque et qu'il ridiculise, Chapelain par exemple et Quinault, jouissaient d'un prestige qui pouvait nuire au succès d'un Racine ou d'un La Fontaine. Boileau a fait l'éducation du public, et l'a préparé à mieux goûter ceux que nous considérons aujourd'hui comme les classiques de génie Ajoutons qu'il a encouragé Racine et Molière, qu'il les a défendus contre leurs ennemis, et que la postérité a ratifié tous ses jugements.

Par son *Art poétique*, Boileau a codifié, en quelque sorte, le bon usage de son temps S'il donne les règles de la tragédie, c'est d'après les chefs-d'œuvre de Racine Mais on a eu le tort d'attacher aux définitions et aux conseils de Boileau une valeur absolue et didactique, et de l'appeler le *législateur du Parnasse*. Si ses préceptes généraux, relatifs à la clarté, à la correction, au bon sens, au vrai et au vraisemblable, à la dignité de l'écrivain, à la nécessité de la critique sincère, etc., restent toujours justes, ceux qui se rapportent aux lois des genres littéraires n'ont plus qu'une valeur *historique* ; ces derniers constituent la « poétique classique », comme la *Préface de Cromwell* la « poétique romantique », comme le *Traité de versification* de Banville la « poétique parnassienne ».

Boileau est un grand écrivain par la propriété des termes et par la netteté de l'expression ; il sait frapper ces vers heureux, « amis de la mémoire, » qui gravent à jamais dans l'esprit une sentence morale ou un principe de critique. Il a aussi le sens du pittoresque et d'un certain réalisme savoureux, par lequel il se rapproche de Mathurin Régnier.

PRÉFACE DE 1666

(Pour les Satires I à VII.)

C'était l'usage, au dix-septième siècle, que l'auteur fît parler à sa place le Libraire. Il pouvait ainsi se permettre de s'adresser à lui-même des éloges indirects. Boileau, tout en usant de cette fiction, se contente d'expliquer au public que le texte donné dans la « monstrueuse édition » de Rouen est incorrect, et de protester de ses bonnes intentions.

LE LIBRAIRE AU LECTEUR

Ces satires dont on fait part au public n'auraient jamais couru le hasard de l'impression si l'on eût laissé faire leur auteur. Quelques applaudissements qu'un assez grand nombre de personnes amoureuses de ces sortes d'ouvrages ait donnés aux siens, sa modestie lui persuadait que de les faire imprimer, ce serait augmenter le nombre des méchants livres, qu'il blâme en tant de rencontres, et se rendre par là digne lui-même en quelque façon d'avoir place dans ses satires. C'est ce qui lui a fait souffrir fort longtemps, avec une patience qui tient quelque chose de l'héroïque dans un auteur, les mauvaises copies qui ont couru de ses ouvrages, sans être tenté pour cela de les faire mettre sous la presse. Mais enfin toute sa constance l'a abandonné à la vue de cette monstrueuse édition qui en a paru depuis peu [1]. Sa tendresse de père s'est réveillée à l'aspect de ses enfants ainsi défigurés et mis en pièces, surtout lorsqu'il les a vus accompagnés de cette prose fade et insipide que tout le sel de ses vers ne pourrait pas relever : je veux dire de ce *Jugement sur les sciences* [2] qu'on a cousu si peu judicieusement à la fin de son livre. Il a eu peur que ses Satires n'achevassent de se gâter en une si méchante compagnie ; et il a cru enfin que, puisqu'un ouvrage, tôt ou tard, doit passer par les mains de l'imprimeur, il valait mieux subir le joug de bonne grâce, et faire de lui-même ce qu'on avait déjà fait malgré lui. Joint que ce galant homme qui a pris le soin de la première édition y a mêlé les noms de quelques personnes que l'auteur honore, et devant qui il est bien aise de se justifier Toutes ces considérations, dis-je, l'ont obligé à me confier les véritables originaux de ses pièces, augmentées encore de deux autres [3], pour lesquelles il appréhendait le même sort. Mais en même temps il m'a laissé la charge de faire ses excuses aux auteurs qui pourront être choqués de la liberté qu'il s'est donnée de parler de leurs ouvrages en quelques endroits de ses écrits. Il les prie donc de considérer que le Parnasse fut de tout temps un pays de liberté ; que le plus habile y est tous les

(1) Cette édition parut en 1665 ; mais le lieu de l'impression n'est pas indiqué : on se fonde sur une affirmation de Brossette pour le placer à Rouen. — (2) L'auteur de ce *Jugement* était Saint-Evremond, alors retiré en Angleterre — (3) La troisième et la sixième Satires, qui ne figuraient point dans l'édition de Rouen.

jours exposé à la censure du plus ignorant ; que le sentiment d'un
seul homme ne fait point de loi ; et qu'au pis aller, s'ils se per-
suadent qu'il ait fait du tort à leurs ouvrages, ils s'en peuvent
venger sur les siens, dont il leur abandonne jusqu'aux points et aux
virgules Que si cela ne les satisfait pas encore, il leur conseille
d'avoir recours à cette bienheureuse tranquillité des grands
hommes, comme eux, qui ne manquent jamais de se consoler d'une
semblable disgrâce par quelque exemple fameux, pris des plus
célèbres auteurs de l'antiquité, dont ils se font l'application tout
seuls. En un mot, il les supplie de faire réflexion que si leurs
ouvrages sont mauvais, ils méritent d'être censurés ; et que, s'ils
sont bons, tout ce qu'on dira contre eux ne les fera pas trouver
mauvais. Au reste, comme la malignité de ses ennemis s'efforce
depuis peu de donner un sens à ses pensées même les plus inno-
centes, il prie les honnêtes gens de ne se pas laisser surprendre
aux subtilités raffinées de ces petits esprits qui ne savent se venger
que par des voies lâches, et qui lui veulent souvent faire un crime
affreux d'une élégance poétique. Il est bien aise aussi de faire
savoir dans cette édition que le nom de Scutari, l'heureux Scutari,
ne veut dire que Scutari ; bien que quelques-uns l'aient voulu attri-
buer à un des plus fameux poètes de notre siècle [1], dont notre
auteur estime le mérite et honore la vertu.

J'ai charge encore d'avertir ceux qui voudront faire des satires
contre les Satires, de ne se point cacher. Je leur réponds que
l'auteur ne les citera point devant d'autre tribunal que celui des
muses : parce que, si ce sont des injures grossières, les beurrières
lui en feront raison ; et si c'est une raillerie délicate, il n'est pas
assez ignorant dans les lois pour ne pas savoir qu'il doit porter la
peine du talion. Qu'ils écrivent donc librement : comme ils contri-
bueront sans doute à rendre l'auteur plus illustre, ils feront le
profit du libraire ; et cela me regarde Quelque intérêt pourtant que
j'y trouve, je leur conseille d'attendre quelque temps, et de laisser
mûrir leur mauvaise humeur On ne fait rien qui vaille dans la
colère. Vous avez beau vomir des injures sales et odieuses, cela
marque la bassesse de votre âme, sans rabaisser la gloire de celui
que vous attaquez ; et le lecteur qui est de sens froid [2] n'épouse
point les sottes passions d'un rimeur emporté. Il y aurait aussi
plusieurs choses à dire touchant le reproche qu'on fait à l'auteur
d'avoir pris ses pensées dans Juvénal et dans Horace ; mais, tout
bien considéré, il trouve l'objection si honorable pour lui, qu'il
croirait se faire tort d'y répondre

(1) *Scutari*, Scudéry. Dans la deuxième Satire (*A Molière*), Boileau
avait d'abord écrit : *Bienheureux Scutari...* Après 1667, date à laquelle
mourut Scudéry, Boileau remplaça ce pseudonyme si transparent par
le nom lui-même. — (2) *De sens froid*. Tel est le véritable texte. Cf. l'expression *de sens rassis* (*Art poet.*, II, 47). C'est à tort que quelques édi-
teurs ont imprimé : *de sang-froid*.

DISCOURS AU ROI

(1665)

Boileau, dans la première édition de ses sept premières Satires, plaça ce *Discours* entre la cinquième et la sixieme. — A partir de 1674, il le mit en tête : nous lui conserverons cette place définitive. — En 1665, Boileau n'a pas encore paru à la cour ; mais il sent bien que contre ses ennemis déjà nombreux, il lui faut l'appui du Roi. Aussi, à l'imitation de Régnier qui avait écrit un *Discours* dédié a Henri IV, place-t-il dans son premier ouvrage un éloge habile de Louis XIV. mêlé a sa propre apologie.

Résumé. — Vers 1-12 : il s'excuse d'avoir si longtemps gardé le silence ; — v. 13-48 : il blâme les indiscrets qui maladroitement osent chanter le Roi ; ce sujet est au-dessus d'eux ; v 49-62 : rien de plus légitime, en principe, que ce désir, mais encore faut-il être un *Virgile* pour chanter un *Auguste ;* — v. 63-102 : pour lui, son génie le pousse vers la Satire, il poursuit les mauvais poètes et démasque les vices ; — v. 103-114 : aussi ne forcera-t-il pas son talent, impropre à l'éloge ; — v 115-130 : cependant la gloire du Roi est telle, qu'il est entraîné malgré lui à la célebrer ; — v. 131-140 : mais il revient de son imprudente audace, et il renonce enfin à cette tâche qui l'accable.

Jeune et vaillant héros, dont la haute sagesse
N'est point le fruit tardif d'une lente vieillesse,
Et qui seul, sans ministre, à l'exemple des dieux,
Soutiens tout par toi-même, et vois tout par tes yeux,
Grand Roi, si jusqu'ici, par un trait de prudence, 5
J'ai demeuré pour toi dans un humble silence,
Ce n'est pas que mon cœur, vainement suspendu,
Balance pour t'offrir un encens qui t'est dû ;
Mais je sais peu louer ; et ma muse tremblante
Fuit d'un si grand fardeau la charge trop pesante, 10
Et, dans ce haut éclat où tu te viens offrir,
Touchant à tes lauriers, craindrait de les flétrir.
 Ainsi, sans m'aveugler d'une vaine manie,
Je mesure mon vol à mon faible génie :
Plus sage en mon respect que ces hardis mortels 15
Qui d'un indigne encens profanent tes autels ;
Qui, dans ce champ d'honneur, où le gain les amène,
Osent chanter ton nom, sans force et sans haleíne ;

(1-2) On peut trouver que l'abondance des épithètes *jeune, vaillant, haute, tardif, lente,* alourdit beaucoup ces deux vers. D'ailleurs, *tardif* et *lente* sont bien choisis. — (3) *Sans ministre,* sans premier ministre. Louis XIV, a la mort de Mazarin, prit personnellement la direction des affaires. — (4) *Soutiens tout...* Cf. HORACE, *Epîtres* II, 1. — (6) *Humble.* Edition de 1666 : *lâche.* — (11) *Tu te viens offrir.* Au XVII° siècle, quand un pronom complément dépend d'un infinitif gouverné lui-même par un verbe à un mode personnel, ce pronom se met le plus souvent devant le groupe formé par les deux verbes. — (12) *Touchant.* Nous dirions : *en touchant.* — (13) *Manie,* sens plus fort qu'aujourd'hui ; signifie : *folie.* — (14) *Génie.* Au sens du latin *ingenium* talent naturel, caractère.

Et qui vont tous les jours, d'une importune voix,
T'ennuyer du récit de tes propres exploits.   20
    L'un, en style pompeux habillant une églogue,
De ses rares vertus te fait un long prologue,
Et mêle, en se vantant soi-même à tout propos,
Les louanges d'un fat à celles d'un héros.
    L'autre, en vain se lassant à polir une rime,   25
Ft reprenant vingt fois le rabot et la lime,
Grand et nouvel effort d'un esprit sans pareil !
Dans la fin d'un sonnet te compare au soleil.
    Sur le haut Hélicon leur veine méprisée
Fut toujours des neuf sœurs la fable et la risée.   30
Calliope jamais ne daigna leur parler,
Et Pégase pour eux refuse de voler.
Cependant à les voir, enflés de tant d'audace,
Te promettre en leur nom les faveurs du Parnasse,
On dirait qu'ils ont seuls l'oreille d'Apollon,   35
Qu'ils disposent de tout dans le sacré vallon :
C'est à leurs doctes mains, si l'on veut les en croire,
Que Phébus a commis tout le soin de ta gloire ;
Et ton nom, du Midi jusqu'à l'Ourse vanté,
Ne devra qu'à leurs vers son immortalité.   40
Mais plutôt, sans ce nom dont la vive lumière
Donne un lustre éclatant à leur veine grossière,
Ils verraient leurs écrits, honte de l'univers,
Pourrir dans la poussière à la merci des vers.
A l'ombre de ton nom ils trouvent leur asile,   45
Comme on voit dans les champs un arbrisseau débile,
Qui, sans l'heureux appui qui le tient attaché,
Languirait tristement sur la terre couché.
    Ce n'est pas que ma plume, injuste et téméraire,
Veuille blâmer en eux le dessein de te plaire ;   50
Et, parmi tant d'auteurs, je veux bien l'avouer,

---

(21) *L'un* Charpentier (1620-1702), qui avait composé une *Eglogue royale*, à l'imitation de Ronsard, où il avait loué Louis XIV. — (24) *Fat* a souvent le sens de *sot, imbécile*, parfois il signifie *malhonnête homme.* — (25) *L'autre*. Chapelain. — (29) *Hélicon*, montagne consacrée aux Muses, en Béotie. — (30) *Les neuf sœurs*, les Muses, qui étaient : *Clio* (histoire), *Euterpe* (musique), *Thalie* (comédie), *Melpomène* (tragédie), *Terpsichore* (danse), *Erato* (élégie), *Polymnie* (poésie lyrique), *Uranie* (astronomie), *Calliope* (épopée). — (31) *Calliope*, muse de l'épopée, mère d'Orphée. — (32) *Pégase*, cheval ailé, né du sang de Méduse, il fit jaillir de l'Hélicon, en frappant le sol, la fontaine d'Hippocrène (Cf. *Art Poétique*, I, 6). — (34) *Parnasse*, montagne de Phocide, consacrée aux Muses. — (36) *Sacré vallon*, le vallon situé entre le Parnasse et l'Hélicon. — (38) *Commis*, confié. — (39) *L'Ourse*, les constellations de la *Grande Ourse* et de la *Petite Ourse* ; dans cette dernière se trouve l'étoile polaire : *ourse* équivaut donc ici à *Nord*. — (42) *Lustre*, lumière.

Apollon en connaît qui te peuvent louer :
Oui, je sais qu'entre ceux qui t'adressent leurs veilles,
Parmi les Pelletiers on compte des Corneilles.
Mais je ne puis souffrir qu'un esprit de travers   55
Qui, pour rimer des mots, pense faire des vers,
Se donne en te louant une gêne inutile ;
Pour chanter un Auguste, il faut être un Virgile :
Et j'approuve les soins du monarque guerrier
Qui ne pouvait souffrir qu'un artisan grossier   60
Entreprît de tracer, d'une main criminelle,
Un portrait réservé pour le pinceau d'Apelle.
     Moi donc, qui connais peu Phébus et ses douceurs,
Qui suis nouveau-sevré sur le mont des neuf sœurs,
Attendant que pour toi l'âge ait mûri ma muse,   65
Sur de moindres sujets je l'exerce et l'amuse ;
Et, tandis que ton bras, des peuples redouté,
Va, la foudre à la main, rétablir l'équité,
Et retient les méchants par la peur des supplices,
Moi, la plume à la main, je gourmande les vices ;   70
Et, gardant pour moi-même une juste rigueur,
Je confie au papier les secrets de mon cœur.
Ainsi, dès qu'une fois ma verve se réveille,
Comme on voit au printemps la diligente abeille
Qui du butin des fleurs va composer son miel,   75
Des sottises du temps je compose mon fiel :
Je vais de toutes parts où me guide ma veine,
Sans tenir en marchant une route certaine :
Et, sans gêner ma plume en ce libre métier,

---

     (52) *Qui te peuvent louer*. Cf. note du v. 11. — (54) *Pelletier*. Pierre du Pelletier, ou le Pelletier, sur lequel s'est exercée souvent la verve de Boileau (*Satires* II, III, VII...), n'était qu'un obscur rimeur, auteur de nombreux sonnets. — (56) *Pour rimer...*, c'est-à-dire parce qu'il rime. — (57) *Gêne*. Sens plus fort que de nos jours (de *gehenne*, torture). — (58) VIRGILE a souvent fait l'éloge d'Auguste : dans sa 1re *Eglogue*, au début des *Géorgiques*, et, d'une façon générale et indirecte, dans son *Enéide*. — (59) *Monarque guerrier*, Alexandre le Grand. Le trait qui suit nous est rapporté par HORACE (*Ep.* II, 1). — (64) *Nouveau-sevré*, mot composé par Boileau, par analogie avec *nouveau-né* (Cf. le *Lutrin*, I, 207, nouveau-tondu) ; — *le mont des neuf sœurs*, l'Hélicon ou le Parnasse — (65) *Attendant*. Cf. note du v. 12. — (67) *Ton bras... va la foudre à la main*. On a jugé cette figure incohérente. Elle l'est beaucoup moins que celle de MALHERBE : *Prends ta foudre, Louis, et va comme un lion...* D'ailleurs *ton bras* équivaut simplement (comme *ton cœur, ta main*, etc...) au pronom personnel de la 2e personne. — (72) Vers imité d'HORACE (*Satires*, II, 1, 30). — (7.) Cette comparaison du poète avec une abeille est imitée d'HORACE (*Odes*, IV, 2) : *Ego apis Matinæ more modoque, Grata carpentis thyma* etc (Moi, pareil à l'abeille de Matine, qui recueille le suc agréable du thym. .), — (79) *Gêner*. Cf. note du v. 57.

Je la laisse au hasard courir sur le papier.   80
   Le mal est qu'en rimant, ma muse un peu légère
Nomme tout par son nom, et ne saurait rien taire.
C'est là ce qui fait peur aux esprits de ce temps,
Qui, tout blancs au dehors, sont tout noirs au dedans :
Ils tremblent qu'un censeur, que sa verve encourage,   85
Ne vienne en ses écrits démasquer leur visage,
Et, fouillant dans leurs mœurs en toute liberté,
N'aille du fond du puits tirer la Vérité.
Tous ces gens, éperdus au seul nom de Satire,
Font d'abord le procès à quiconque ose rire :   90
Ce sont eux que l'on voit, d'un discours insensé,
Publier dans Paris que tout est renversé,
Au moindre bruit qui court qu'un auteur les menace
De jouer des bigots la trompeuse grimace.
Pour eux un tel ouvrage est un monstre odieux.   95
C'est offenser les lois, c'est s'attaquer aux cieux ;
Mais, bien que d'un faux zèle ils masquent leur faiblesse,
Chacun voit qu'en effet la vérité les blesse ;
En vain d'un lâche orgueil leur esprit revêtu
Se couvre du manteau d'une austère vertu ;   100
Leur cœur, qui se connaît, et qui fuit la lumière,
S'il se moque de Dieu, craint Tartuffe et Molière.
   Mais pourquoi sur ce point sans raison m'écarter?
Grand Roi, c'est mon défaut, je ne saurais flatter :
Je ne sais point au ciel placer un ridicule,   105
D'un nain faire un Atlas, ou d'un lâche un Hercule ;
Et sans cesse en esclave à la suite des grands,
A des dieux sans vertu prodiguer mon encens.
On ne me verra point d'une veine forcée,
Même pour te louer, déguiser ma pensée ;   110
Et, quelque grand que soit ton pouvoir souverain,

(81) *Légère.* Etourdie, imprudente. — (82) Cf. RÉGNIER : *Mon vice est,
mon ami, de ne pouvoir m'en taire (Sat* XV, 166). Dans sa 1ᵣᵉ Satire, v. 51,
Boileau dira : *Je ne puis rien nommer si ce n'est par son nom.* — (84) On
cite à ce propos un vers d'HORACE (*Ep.* I, 16, 45) ; mais il y a là plutôt le
souvenir d'un passage de l'Evangile où il est question du pécheur hypocrite, semblable à un *sépulcre blanchi.* — (88) « Démocrite disait que la vérité était dans le fond d'un puits, et que personne ne l'en avait encore pu
tirer. » (BOILEAU.) — (94) « Molière, environ vers ce temps-là, fit jouer son
Tartuffe. » (BOILEAU.) La représentation des trois premiers actes eut lieu
à Versailles en mai 1664 ; mais la pièce complète ne fut donnée qu'en 1667 ;
aussitôt interdite, elle ne fut définitivement autorisée qu'en 1669. —
(98) *En effet,* en réalité. — (99) *Revêtir* Ce mot prépare la métaphore du
vers suivant (Cf. *Misanthrope,* I, 1 *Son sort de splendeur revêtu...*). —
(105) *Ridicule.* Ici le mot est substantif. — (106) *Atlas.* Géant qui soutenait
le monde sur ses épaules. — (108) *Vertu,* force. — (109) *D'une De,* dans la
langue du XVIIᵉ siècle, est souvent pris dans le sens de *avec.*

Si mon cœur en ces vers ne parlait par ma main,
Il n'est espoir de biens, ni raison, ni maxime,
Qui pût en ta faveur m'arracher une rime.
    Mais lorsque je te vois, d'une si noble ardeur,   115
T'appliquer sans relâche aux soins de ta grandeur,
Faire honte à ces rois que le travail étonne,
Et qui sont accablés du faix de leur couronne ;
Quand je vois ta sagesse, en ses justes projets,
D'une heureuse abondance enrichir tes sujets,   120
Fouler aux pieds l'orgueil et du Tage et du Tibre,
Nous faire de la mer une campagne libre ;
Et tes braves guerriers, secondant ton grand cœur,
Rendre à l'Aigle éperdu sa première vigueur ;
La France sous tes lois maîtriser la fortune,   125
Et nos vaisseaux, domptant l'un et l'autre Neptune,
Nous aller chercher l'or, malgré l'onde et le vent,
Aux lieux où le soleil le forme en se levant :
Alors, sans consulter si Phébus l'en avoue,
Ma muse toute en feu me prévient et te loue.   130
    Mais bientôt la raison arrivant au secours,
Vient d'un si beau projet interrompre le cours,
Et me fait concevoir, quelque ardeur qui m'emporte,
Que je n'ai ni le ton, ni la voix assez forte.
Aussitôt je m'effraye, et mon esprit troublé   135
Laisse là le fardeau dont il est accablé ;
Et, sans passer plus loin, finissant mon ouvrage
Comme un pilote en mer, qu'épouvante l'orage,
Dès que le bord paraît, sans songer où je suis,
Je me sauve à la nage, et j'aborde où je puis.   140

(121) *Le Tage*, pour l'Espagne ; *le Tibre*, pour l'Italie L'ambassadeur
d'Espagne à Londres avait insulté l'ambassadeur de France : Louis XIV
exigea une réparation de Philippe IV (1661). D'autre part, à Rome, Louis
XIV demanda et obtint des excuses pour des outrages de la garde corse
contre son ambassadeur (1662). — (122) Le duc de Beaufort remporta en
1665 deux victoires sur les pirates de Tunis et d'Alger. — (124) Allusion
aux secours que Louis XIV envoya à l'empereur d'Allemagne Léopold
Ier, et qui contribuèrent à la défaite des Turcs sur les bords du Raab :
— *l'aigle* est l'emblème des empereurs d'Allemagne. — (126) *L'un et l'autre
Neptune* l'Océan Atlantique et la Mer Méditerranée ; allusion à la for-
mation, en 1664, de la Compagnie des Indes occidentales, et de celle des
Grandes Indes. — (129) *Avouer*, reconnaître pour bon ou pour juste.

SATIRE I

(1660)

ADIEUX D'UN POÈTE A LA VILLE DE PARIS

Cette satire, imitée de Juvénal (*Sat.* III), comprenait d'abord le long passage sur les *Embarras de Paris*, que Boileau en a détaché pour en faire la *Satire* VI Elle avait a l'origine 212 vers ; les *Embarras de Paris* en ont . 126 ; il devait donc rester 90 vers ; mais Boileau les a réduits à 60, et en a ajouté 104 nouveaux.

Résumé. — 1-16 : Damon, las de souffrir du séjour de Paris, quitte la ville ; — 17-20 : le jour de son depart, il fait ses adieux à Paris ; — 21-41 : puisqu'il n'y a ici nulle place pour la vertu, il abandonne ceux qui peuvent y vivre , — 42-56 : quant à lui, il est trop fier pour y rester ; — 57-80 : a pauvreté exige de la souplesse ; c'est grâce à cette qualité que tel financier a réussi , — 81-112 : il est vrai que le Roi secourt les gens de lettres ; mais comment arriver jusqu'à lui, au milieu de cette foule de solliciteurs : exemple de Saint-Amant ; — 113-128 : faut-il donc se jeter dans la chicane? non ; — 129-144 . mieux vaut donc quitter cette ville où tout le choque ; — 145-164: quelques reproches aux libertins. Le poète se retire.

> Damon, ce grand auteur dont la muse fertile
> Amusa si longtemps et la cour et la ville ;
> Mais qui, n'étant vêtu que de simple bureau,
> Passe l'été sans linge, et l'hiver sans manteau ;
> Et de qui le corps sec et la mine affamée   5
> N'en sont pas mieux refaits pour tant de renommée ;
> Las de perdre en rimant et sa peine et son bien,
> D'emprunter en tous lieux, et de ne gagner rien,
> Sans habits, sans argent, ne sachant plus que faire,
> Vient de s'enfuir, chargé de sa seule misère ;   10
> Et, bien loin des sergents, des clercs et du palais,
> Va chercher un repos qu'il ne trouva jamais ;
> Sans attendre qu'ici la justice ennemie
> L'enferme en un cachot le reste de sa vie,
> Ou que d'un bonnet vert le salutaire affront   15
> Flétrisse les lauriers qui lui couvrent le front.
>   Mais le jour qu'il partit, plus défait et plus blême
> Que n'est un pénitent sur la fin d'un carême,

---

(1) *Damon.* « J'ai eu en vue Cassandre, celui qui a traduit *la Rhétorique* d'Aristote. » (BOILEAU.) Les expressions *grand auteur* et *muse fertile* doivent en ce cas, être considérées comme des hyperboles. — (2) *La cour et la ville*, la société aristocratique et la société bourgeoise (Cf. les chapitres de LA BRUYÈRE sur *la cour* et *la ville*). — (3) *Bureau*, étoffe de bure. — (6) *Refaits*, restaurés, fortifiés. — *Pour...* à cause de, parce qu'ils ont... — (11) *Sergents*, aujourd'hui *huissiers*. — (15) *Bonnet vert.* « Du temps que cette satire fut faite, un débiteur insolvable pouvait sortir de prison en faisant cession, c'est-à-dire en souffrant qu'on lui mît, en pleine rue, un bonnet vert sur la tête. » (BOILEAU.)

La colère dans l'âme et le feu dans les yeux,
Il distilla sa rage en ces tristes adieux :   20
  « Puisqu'en ce lieu, jadis aux muses si commode,
Le mérite et l'esprit ne sont plus à la mode ;
Qu'un poète, dit-il, s'y voit maudit de Dieu,
Et qu'ici la vertu n'a plus ni feu ni lieu,   25
Allons du moins chercher quelque antre ou quelque roche,
D'où jamais ni l'huissier ni le sergent n'approche ;
Et, sans lasser le ciel par des vœux impuissants,
Mettons-nous à l'abri des injures du temps,
Tandis que, libre encor malgré les destinées,
Mon corps n'est point courbé sous le faix des années,   30
Qu'on ne voit point mes pas sous l'âge chanceler,
Et qu'il reste à la Parque encor de quoi filer :
C'est là dans mon malheur le seul conseil à suivre.
Que George vive ici, puisque George y sait vivre,
Qu'un million comptant, par ses fourbes acquis,   35
De clerc, jadis laquais, a fait comte et marquis ;
Que Jaquin vive ici, dont l'adresse funeste
A plus causé de maux que la guerre et la peste,
Qui de ses revenus écrits par alphabet
Peut fournir aisément un calepin complet ;   40
Qu'il règne dans ces lieux ; il a droit de s'y plaire.
Mais moi, vivre à Paris ! Eh ! qu'y voudrais-je faire?
Je ne sais ni tromper, ni feindre, ni mentir ;
Et quand je le pourrais, je n'y puis consentir.
Je ne sais point en lâche essuyer les outrages   45
D'un faquin orgueilleux qui vous tient à ses gages,
De mes sonnets flatteurs lasser tout l'univers,
Et vendre aux plus offrants mon encens et mes vers :
Pour un si bas emploi ma muse est trop altière,
Je suis rustique et fier, et j'ai l'âme grossière :   50
Je ne puis rien nommer, si ce n'est par son nom ;

(28) *Injures du temps*, cette expression s'emploie plutôt en parlant de
la température. — (32) Ces quatre vers (29-32) sont presque traduits de
JUVÉNAL (III, 24-27) — (34) *George*. On a prétendu que ce George était
en réalité un certain financier de cette époque. Boileau s'est défendu de
cette allusion, en observant que le véritable George n'avait que dix ans,
quand cette satire fut écrite. — (35) *Fourbes*, fourberies. — (37) *Jaquin*.
Boileau s'est également défendu d'avoir désigné par ce nom un financier
nommé Jacquin. — (39) *Par alphabet*, par ordre alphabétique. — (40)
Calepin. Un moine, du nom de Calepin, avait publié en 1502 un gros
Dictionnaire latin-italien. Le vers de Boileau n'aurait plus de sens, si on
prenait le mot *calepin* dans l'acception très affaiblie qu'il a aujourd'hui.
— (44) Cf. JUVÉNAL (III, 40) *Quid Romæ faciam? Mentiri nesciam*, etc...
« Que ferais-je à Rome ? j'ignore l'art de mentir... » — (46) *Faquin*,
a originairement le sens de portefaix (ital. *facchino*).

J'appelle un chat un chat, et Rolet un fripon.
De servir un amant, je n'en ai pas l'adresse ;
J'ignore ce grand art qui gagne une maîtresse ;
Et je suis à Paris, triste, pauvre et reclus,   55
Ainsi qu'un corps sans âme, ou devenu perclus.
    « Mais, pourquoi, dira-t-on, cette vertu sauvage
Qui court à l'hôpital, et n'est plus en usage?
La richesse permet une juste fierté ;
Mais il faut être souple avec la pauvreté :   60
C'est par là qu'un auteur que presse l'indigence
Peut des astres malins corriger l'influence,
Et que le sort burlesque, en ce siècle de fer,
D'un pédant, quand il veut, sait faire un duc et pair.
Ainsi de la vertu la fortune se joue :   65
Tel aujourd'hui triomphe au plus haut de sa roue,
Qu'on verrait, de couleurs bizarrement orné,
Conduire le carrosse où l'on le voit traîné,
Si dans les droits du Roi sa funeste science
Par deux ou trois avis n'eût ravagé la France.   70
Je sais qu'un juste effroi l'éloignant de ces lieux
L'a fait pour quelque temps disparaître à nos yeux :
Mais en vain pour un temps une taxe l'exile ;
On le verra bientôt, pompeux en cette ville,
Marcher encor chargé des dépouilles d'autrui,   75
Et jouir du ciel même irrité contre lui ;
Tandis que Colletet, crotté jusqu'à l'échine,
S'en va chercher son pain de cuisine en cuisine,
Savant en ce métier, si cher aux beaux esprits,
Dont Montmaur autrefois fit leçon dans Paris.   80

---

(52) *Rolet.* « Procureur très décrié qui a été dans la suite condamné à faire
amende honorable et banni à perpétuité. » (BOILEAU.) Furetière, dans son
Roman Bourgeois, l'a mis en scène, dit-on, sous le nom de Vollichon. — (57) Il
faut signaler ici une fois pour toutes les fréquentes transi'ions de ce genre :
dira-t-on, diras-tu... — (60) *Avec la pauvreté*, quand on est pauvre. —
(64) *Pédant.* « L'abbé de La Rivière, en ce temps-là, fut fait évêque de
Langres ; il avait été régent dans un collège. » (BOILEAU.) — Ici, Boileau
imite JUVÉNAL (III, 147) : *Si fortuna volet, fies de rhetore consul,* « Si la fortune le veut, de rhéteur tu deviendras consul. » — (67) *De couleurs...* Allusion aux livrées de couleurs variées portées par les laquais. — (69) Ce vers
contient une inversion assez obscure, qui équivaut à : Si sa funeste science
dans les droits du Roi. — *Les droits du Roi.* Les impôts levés par ordre du
Roi. — (70) *Avis.* Décret du Roi pour établir un nouvel impôt, ou une en-
quête sur les concussions des fermiers généraux. — (73) *Taxe.* Amende.
— (77) *Colletet.* Il ne s'agit pas ici de Guillaume Colletet (mort en 1639)
et qui, membre de l'Académie française, avait été l'un des *cinq auteurs*
travaillant aux pièces de Richelieu, — mais de son fils, François Colletet
(1628-1680). Au lieu de Colletet, Boileau avait d'abord mis Pelletier. —
(80) *Montmaur.* « Célèbre parasite, dont Ménage a écrit la vie. » C'était un

« Il est vrai que du Roi la bonté secourable
Jette enfin sur la muse un regard favorable ;
Et, réparant du sort l'aveuglement fatal,
Va tirer désormais Phébus de l'hôpital.
On doit tout espérer d'un monarque si juste :   85
Mais sans un Mécénas à quoi sert un Auguste?
Et fait comme je suis, au siècle d'aujourd'hui,
Qui voudra s'abaisser à me servir d'appui?
Et puis, comment percer cette foule effroyable
De rimeurs affamés dont le nombre l'accable ;   90
Qui, dès que sa main s'ouvre, y courent les premiers,
Et ravissent un bien qu'on devait aux derniers :
Comme on voit les frelons, troupe lâche et stérile,
Aller piller le miel que l'abeille distille?
Cessons donc d'aspirer à ce prix tant vanté   95
Que donne la faveur à l'importunité.
Saint-Amant n'eut du ciel que sa veine en partage :
L'habit qu'il eut sur lui fut son seul héritage ;
Un lit et deux placets composaient tout son bien ;
Ou, pour en mieux parler, Saint-Amant n'avait rien.   100
Mais quoi ! las de traîner une vie importune,
Il engagea ce rien pour chercher la fortune,
Et, tout chargé de vers qu'il devait mettre au jour,
Conduit d'un vain espoir, il parut à la cour.
Qu'arriva-t-il enfin de sa muse abusée?   105
Il en revint couvert de honte et de risée ;
Et la fièvre, au retour terminant son destin,
Fit par avance en lui ce qu'aurait fait la faim.
Un poète à la cour fut jadis à la mode ;
Mais des fous aujourd'hui c'est le plus incommode,   110
Et l'esprit le plus beau, l'auteur le plus poli,
N'y parviendra jamais au sort de l'Angéli.

savant helléniste, qui fut professeur au Collège de France. Très recherché
pour son esprit piquant, il disait : « Fournissez la viande et le vin, et je
fournirai le sel » — (84) « Le Roi, en ce temps-là, à la sollicitation de M. Colbert, donna plusieurs pensions aux hommes de lettres. » (BOILEAU.) —
(86) *Mécénas*, forme latine du nom de Mécène, célèbre ministre d'Auguste,
et protecteur de Virgile et d'Horace. — (87) *Fait comme je suis...* dans
l'état misérable où je me trouve. — (97) *Saint-Amant* (1594-1661), auteur
de *Moïse sauvé*, de l'ode sur la *Solitude*, etc... Boileau l'a souvent cité comme
un mauvais poète. Cependant, il a mis ici cette note : « On a plusieurs ouvrages de lui ou il y a beaucoup de génie ; il ne savait pas le latin, et était
fort pauvre. » — *Veine*. Facilité naturelle. — (99) *Placets*. Le *placet* est un
petit siège sans dossier. — (104) « Le poème qu'il y porta était intitulé
le Poème de la lune, et il y louait surtout le Roi de savoir bien nager. » (B.)
— (112) *L'Angéli* « Célèbre fou que feu M. le prince de Condé avait ramené
avec lui des Pays-Bas, et qu'il donna au roi Louis XIV. » (B.) L'Angéli
amassa 25 000 écus.

1*

« Faut-il donc désormais jouer un nouveau rôle?
Dois-je, las d'Apollon, recourir à Barthole,
Et, feuilletant Louet allongé par Brodeau,   115
D'une robe à longs plis balayer le barreau?
Mais à ce seul penser je sens que je m'égare.
Moi, que j'aille crier dans ce pays barbare,
Où l'on voit tous les jours l'innocence aux abois
Errer dans les détours d'un dédale de lois,   120
Et, dans l'amas confus des chicanes énormes,
Ce qui fut blanc au fond rendu noir par les formes ;
Où Patru gagne moins qu'Huot et Le Mazier,
Et dont les Cicérons se font chez Pé-Fournier.
Avant qu'un tel dessein m'entre dans la pensée,   125
On pourra voir la Seine à la Saint-Jean glacée ;
Arnauld à Charenton devenir huguenot,
Saint-Sorlin janséniste, et Saint-Pavin bigot.

     « Quittons donc pour jamais une ville importune,
Où l'honneur a toujours guerre avec la fortune ;   130
Où le vice orgueilleux s'érige en souverain,
Et va la mitre en tête et la crosse à la main ;
Où la science, triste, affreuse, délaissée,
Est partout des bons lieux comme infâme chassée ;
Où le seul art en vogue est l'art de bien voler ;   135
Où tout me choque ; enfin, où... je n'ose parler.
Et quel homme si froid ne serait plein de bile
A l'aspect odieux des mœurs de cette ville?
Qui pourrait les souffrir? et qui, pour les blâmer,
Malgré muse et Phébus n'apprendrait à rimer?   140
Non, non, sur ce sujet pour t'écrire avec grâce,
Il ne faut point monter au sommet du Parnasse ;
Et, sans aller rêver dans le double vallon,
La colère suffit, et vaut un Apollon.

     « Tout beau, dira quelqu'un, vous entrez en furie. 145
« A quoi bon ces grands mots? doucement, je vous prie ;
« Ou bien montez en chaire ; et là, comme un docteur,

(114) *Barthole*. Jurisconsulte italien du quatorzième siècle. — (115) Brodeau a commenté Louet (B.) — (123) *Patru* (1604-1681), fameux avocat,
ami de Boileau. — (124) *Pé-Fournier*. Célèbre procureur : il s'appelait
Pierre Fournier , mais les gens du Palais, pour abréger, l'appelaient Pé-
Fournier. (B.) — (127) Le grand Arnauld. — (128) *Desmarets de Saint-
Sorlin* a écrit contre Port-Royal. Cf. *Art poétique*, ch. III, et la *Querelle des anciens et des modernes*. — *Saint-Pavin*, abbé de Livry, était un
libertin fameux, émule de des Barreaux et disciple de Théophile. — (136) Cf.
pour le mouvement du style, *Misanthrope*, I, 3. — (143) *Le double vallon,*
on devrait dire plutôt la *double montagne* , le Parnasse avait deux cimes.
— (144) *La colère...* Cf. JUVÉNAL : *facit indignatio versum.* (*Sat.* I, 80). —
(146) *Tout beau.* Expression moins familière qu'aujourd'hui, employée
par CORNEILLE dans *Horace* (III, 6), et *Polyeucte* (IV, 3). — (147) *Un doc-*

« Allez de vos sermons endormir l'auditeur :
« C'est là que bien ou mal on a droit de tout dire. »
    « Ainsi parle un esprit qu'irrite la satire,   150
Qui contre ses défauts croit être en sûreté
En raillant d'un censeur la triste austérité ;
Qui fait l'homme intrépide, et, tremblant de faiblesse,
Attend pour croire en Dieu que la fièvre le presse ;
Et, toujours dans l'orage au ciel levant les mains,   155
Dès que l'air est calmé, rit des faibles humains.
Car de penser alors qu'un Dieu tourne le monde,
Et règle les ressorts de la machine ronde,
Ou qu'il est une vie au delà du trépas,
C'est là, tout haut du moins, ce qu'il n'avouera pas.   160
    « Pour moi, qu'en santé même un autre monde étonne,
Qui crois l'âme immortelle, et que c'est Dieu qui tonne,
Il vaut mieux pour jamais me bannir de ce lieu.
Je me retire donc. Adieu, Paris, adieu. »

teur, en théologie. — (156) *Faibles humains...* des hommes assez *faibles*
(d'esprit) pour ne pas être des esprits *forts*. — (157) *Tourne*, fait tourner.
— (158) *La machine ronde*, le monde. Cf. LA FONTAINE : *La Mort et le bû-
cheron*. — (159) *Etonne*. Sens plus fort que de nos jours (latin *attonitus*,
frappé de la foudre).

SATIRE II

(1664)

A MOLIÈRE

(Sur la difficulté de trouver la rime.)

Brossette a écrit cette note sur la présente Satire « L'auteur étant chez M. du Broussin, avec M le duc de Vitré et Molière, ce dernier y devait lire une traduction de *Lucrèce* en vers français qu'il avait faite dans sa jeunesse. En attendant le dîner, on pria M Despréaux de reciter la Satire adressee a Molière ; mais, après ce récit, Molière ne voulut plus lire sa traduction, craignant qu'elle ne fût pas assez belle pour soutenir les louanges qu'il venait de recevoir Il se contenta de lire le premier acte du *Misanthrope* auquel il travaillait en ce temps-là »

Résumé. — 1-10 : Boileau félicite Molière de sa facilité a rimer ; — 11-22 pour lui, il ne trouve que des rimes en contradiction avec sa pensée ; — 23-32 : souvent il veut renoncer a ecrire, mais, malgré lui, il recommence ; — 33-52 · encore s'il se contentait d'une rime quelconque, s'il consentait à user de formules toutes faites ! mais il ne peut souffrir une phrase insipide, et il rature sans cesse : — 53-77 : aussi, maudit soit le premier qui voulut enchaîner la rime avec la raison ! Sans ce tourment, il vivrait heureux ; et il envie le sort des mauvais poètes ; — 78-96 ; Scudéry est heureux ; car un sot s'admire toujours ; mais un *esprit* sublime plaît à tout le monde et ne saurait se plaire, — 97-100 : que Molière lui enseigne donc à se guérir de cette folie de rimer

Rare et fameux esprit, dont la fertile veine
Ignore en écrivant le travail et la peine ;
Pour qui tient Apollon tous ses trésors ouverts,
Et qui sais à quel coin se marquent les bons vers ;
Dans les combats d'esprit savant maître d'escrime,   5
Enseigne-moi, Molière, où tu trouves la rime.
On dirait, quand tu veux, qu'elle te vient chercher :
Jamais au bout du vers on ne te voit broncher ;
Et, sans qu'un long détour t'arrête ou t'embarrasse,
A peine as-tu parlé, qu'elle-même s'y place.   10
Mais moi, qu'un vain caprice, une bizarre humeur,
Pour mes péchés, je crois, fit devenir rimeur,
Dans ce rude métier où mon esprit se tue,
En vain, pour la trouver, je travaille et je sue.
Souvent j'ai beau rêver du matin jusqu'au soir   15
Quand je veux dire blanc, la quinteuse dit noir ;

(2) *En écrivant*, quand tu écris. — (4) *Coin*. Bloc d'acier, dans lequel est gravée en creux la figure que l'on imprime sur le métal. Cf. HORACE, *Art poétique*, 59. *Signatum præsente nota producere nomen.* « Mettre au jour un mot marqué au coin du temps présent. » — (6) *La rime*. Entendez : la rime toujours d'accord avec la raison. — (7) *Te vient chercher*. Cf. note du v. 11. (*Disc. au Roi*). — (12) *Pour mes péchés*. En expiation de mes péchés. — *Rêver*. Méditer. — (16) *Quinteuse*, qui est de mauvaise humeur (de **fièvre** quinte).

Si je veux d'un galant dépeindre la figure,
Ma plume pour rimer trouve l'abbé de Pure ;
Si je pense exprimer un auteur sans défaut,
La raison dit Virgile, et la rime Quinault :   20
Enfin, quoi que je fasse ou que je veuille faire,
La bizarre toujours vient m'offrir le contraire.
De rage, quelquefois, ne pouvant la trouver,
Triste, las et confus, je cesse d'y rêver ;
Et, maudissant vingt fois le démon qui m'inspire,   25
Je fais mille serments de ne jamais écrire.
Mais, quand j'ai bien maudit et muses et Phébus,
Je la vois qui paraît quand je n'y pense plus :
Aussitôt, malgré moi, tout mon feu se rallume ;
Je reprends sur-le-champ le papier et la plume ;   30
Et, de mes vains serments perdant le souvenir,
J'attends de vers en vers qu'elle daigne venir.
Encor si pour rimer dans sa verve indiscrète,
Ma muse au moins souffrait une froide épithète,
Je ferais comme un autre ; et, sans chercher si loin,   35
J'aurais toujours des mots pour les coudre au besoin :
Si je louais Philis *en miracles féconde*,
Je trouverais bientôt : *à nulle autre seconde* ;
Si je voulais vanter un objet *nonpareil,*

(17) *Galant* a ici le sens d'homme du monde élégant et distingué. —
(17-18) Boileau avait d'abord écrit :

> Si je pense parler d'un galant de notre âge
> Ma plume pour rimer rencontrera Ménage.

Ménage (1603-1692) était bon grammairien, savait le latin, l'italien, l'espagnol. Il fut le maître de Mme de Sévigné et de M^mo de Lafayette. Mais
il écrivait aussi beaucoup de vers galants, en français et en latin, et il les
lisait dans les salons Molière l'a ridiculisé sous le nom de Vadius, dans
les Femmes savantes. Boileau faisait donc une excellente épigramme par
cette allusion aux prétentions mondaines d'un érudit assez gauche de sa
personne. Si Boileau changea ce trait, ce fut moins pour plaire à Ménage,
que pour donner l'immortalité du ridicule à l'abbé de Pure, qui avait écrit
des vers satiriques contre lui L'abbé de Pure (1634-1680) est surtout connu
par un roman : *la Précieuse ou le mystère de ruelles* (1656) — (20) *Quinault.* Philippe Quinault (1635-1688) n'avait alors produit que des tragédies d'une galanterie très fade. Cf. *Satires.* III, v. 192. Boileau avait d'abord
écrit *Kainaut* et *Kynaut.* — (24) *Rêver.* Cf. v. 15. — (25) *Démon.* Au sens
grec de *Génie* qui inspire (le *démon* de Socrate). — (28) Cf. *Epître* VI : « Je
trouve au coin d'un bois le mot qui m'avait fui. » — (29) *Feu* · inspiration.
— (35) *Comme un autre.* C'est-à-dire comme la plupart des petits poètes
de ce temps. en particulier comme Ménage, Sarrasin, Benserade, à qui Boileau emprunte les *clichés poétiques* énumérés dans les vers suivants. —
(36) *Au besoin,* quand le besoin s'en ferait sentir. — (38) *Philis.* Voyez le
sonnet d'Oronte, dans *le Misanthrope.* — (39) *A nulle autre seconde,* se
trouve précisément dans *le Misanthrope* Philinte (acte I, sc. 1) dit : « Et

Je mettrais à l'instant : *plus beau que le soleil* ;   40
Enfin, parlant toujours *d'astres* et *de merveilles*,
De chefs-d'œuvre des cieux, de beautés sans pareilles,
Avec tous ces beaux mots, souvent mis au hasard,
Je pourrais aisément, sans génie et sans art,
Et transposant cent fois et le nom et le verbe,   45
Dans mes vers recousus mettre en pièces Malherbe.
Mais mon esprit, tremblant sur le choix de ses mots,
N'en dira jamais un s'il ne tombe à propos,
Et ne saurait souffrir qu'une phrase insipide
Vienne à la fin d'un vers remplir la place vide :   50
Ainsi, recommençant un ouvrage vingt fois,
Si j'écris quatre mots, j'en effacerai trois.
  Maudit soit le premier dont la verve insensée
Dans les bornes d'un vers renferma sa pensée,
Et, donnant à ses mots une étroite prison,   55
Voulut avec la rime enchaîner la raison !
Sans ce métier, fatal au repos de ma vie,
Mes jours, pleins de loisir, couleraient sans envie.
Je n'aurais qu'à chanter, rire, boire d'autant,
Et comme un gras chanoine, à mon aise et content,   60
Passer tranquillement, sans souci, sans affaire,
La nuit à bien dormir, et le jour à rien faire.
Mon cœur, exempt de soins, libre de passion,
Sait donner une borne à son ambition ;
Et, fuyant des grandeurs la présence importune,   65
Je ne vais point au Louvre adorer la fortune :
Et je serais heureux si, pour me consumer,
Un destin envieux ne m'avait fait rimer.
  Mais depuis le moment que cette frénésie

c'est une folie *à nulle autre seconde* » Mais on n'a pas assez remarqué que les personnages de Molière doivent employer normalement ces locutions, alors fort en usage dans la conversation des honnêtes gens : ces *negligences* sont, dans la comédie, des traits de vérité Au contraire, dans un sonnet ou dans un madrigal, qui sont en eux-mêmes des œuvres *littéraires*, ces locutions sont d'inexcusables faiblesses. — (44) *Génie* Cf. la note du v. 14 (*Disc au Roi*) — (45) Allusion aux inversions forcées — (46) *Mettre en pièces Malherbe*. C'est à tort, croyons-nous, que l'on rapproche ici ce vers de Molière · « Elle y met Vaugelas en pièces tous les jours. » Car il s'agit, dans *les Femmes savantes*, d'une servante qui parle incorrectement, et qui *déchire, par ignorance*, les règles de Vaugelas Boileau veut dire : ces poètes arrivent à placer dans leurs vers *recousus*, des morceaux pris, çà et là, à Malherbe. — (49) *Insipide*, ans saveur (latin *in* privatif et *sapidus*). — (52) Cf. *Art poétique*, I, 174 : « Ajoutez quelquefois, et souvent effacez » — (58) *Sans envie*, sans que j'éprouve d'envie pour personne — (60) Cf *Le Lutrin*, chants I et II. — (66) *Louvre*. Le Louvre était alors la résidence du Roi ; cf. MALHERBE (*Stances à du Perrier*), RACAN (*la Retraite*), MOLIÈRE (*Misanthrope*), etc. — (69) *Frénésie*, délire.

De ses noires vapeurs troubla ma fantaisie,   70
Et qu'un démon jaloux de mon contentement
M'inspira le dessein d'écrire poliment,
Tous les jours, malgré moi, cloué sur un ouvrage,
Retouchant un endroit, effaçant une page,
Enfin passant ma vie en ce triste métier,   75
J'envie, en écrivant, le sort de Pelletier.
    Bienheureux Scudéry, dont la fertile plume
Peut tous les mois sans peine enfanter un volume !
Tes écrits, il est vrai, sans art et languissants,
Semblent être formés en dépit du bon sens ;   80
Mais ils trouvent pourtant, quoi qu'on en puisse dire,
Un marchand pour les vendre, et des sots pour les lire ;
Et quand la rime enfin se trouve au bout des vers,
Qu'importe que le reste y soit mis de travers?
Malheureux mille fois celui dont la manie   85
Veut aux règles de l'art asservir son génie !
Un sot, en écrivant, fait tout avec plaisir :
Il n'a point en ses vers l'embarras de choisir ;
Et, toujours amoureux de ce qu'il vient d'écrire,
Ravi d'étonnement, en soi-même il s'admire.   90
Mais un esprit sublime en vain veut s'élever
A ce degré parfait qu'il tâche de trouver ;
Et, toujours mécontent de ce qu'il vient de faire,
Il plaît à tout le monde, et ne saurait se plaire :
Et tel dont en tous lieux chacun vante l'esprit,   95 ·
Voudrait pour son repos n'avoir jamais écrit.
    Toi donc qui vois les maux où ma muse s'abîme,
De grâce, enseigne-moi l'art de trouver la rime ;

(70) *Fantaisie*, imagination. — (71) *Démon*. Cf. note du v. 25. — (72)
Poliment, d'une façon soignée, parfaite. — (76) *Pelletier*. Cf. *Discours
au Roi*, v. 54. — (77) *Scudéry*, Boileau, dans la 1ʳᵉ édition, avait mis
Scutari. Dans l'édition posthume de 1713, on lit cette note : « C'est le
fameux Scudéry, auteur de beaucoup de romans, et frère de la fameuse
Mˡˡᵉ de Scudéry. » George de Scudéry (1601-1667) fit d'abord de nombreuses pièces de théâtre et fut l'un des plus bruyants rivaux de Corneille. La part qu'il prit à la querelle du Cid lui a créé une renommée
ridicule ; et cependant ses *Observations sur le Cid* ne manquent pas d'un
certain sens critique : combien en parlent avec mépris, qui ne les ont
jamais lues ! Son poème épique, *Alaric*, est un fatras, dans lequel on
découvre quelques beaux vers. Enfin, il prit une part notable aux romans
de sa sœur : *le Grand Cyrus*, la *Clélie*, etc. Dans l'*Art poétique*, I, 56,
Boileau le donnera comme un exemple *d'abondance stérile*. — (85) *Manie*.
Cf. note du v. 13 (*Disc. au Roi*). — (86) *Génie*. Cf. note du v. 14 (*Disc.
au Roi*). — (90) *Il s'admire*. Cf. HORACE, *Ep.* II, 2, 106 — (94) « Voilà,
dit Molière à Boileau, la plus belle vérité que vous ayez jamais dite. Je ne
suis pas de ces esprits sublimes dont vous parlez ; mais, tel que je suis, je
n'ai jamais rien fait en ma vie dont je sois véritablement content. » —

Ou, puisque enfin tes soins y seraient superflus,
Molière, enseigne-moi l'art de ne rimer plus. 100

(100) Ce dernier vers est très heureux ; Molière, en effet, doit se proposer, comme poète comique, de guérir les hommes de leurs ridicules.

SATIRE III

(1665)

(LL RLPAS RIDICULE)

Boileau s'est inspiré, pour cette satire, d'Horace (II, 8) et de Régnier (*Sat.* X). Chez Horace, Fundanius raconte au poète un repas donné par Nasidiénus ; tout l'intérêt est dans la variété assez incohérente des mets, et dans la chute d'un dais placé au-dessus de la table : aucun portrait développé, aucune discussion morale ni littéraire. La satire de Régnier est plus piquante et plus pittoresque ; c'est la que se trouve le fameux portrait du *pédant*, personnage dont la présence amène naturellement sur la poésie une dispute, qui se termine par un véritable combat. Boileau a surtout des souvenirs de Régnier ; et le réalisme heureux de son propre style trahit l'influence du maître français.

Résumé. — 1-13 : Boileau questionne l'ami qu'il rencontre, et à qui il demande le sujet de son chagrin ; — 14-28 : l'ami répond qu'il sort de chez un fat chez qui il avait accepté de dîner ; — 29-36 : l'arrivée ; — 37-44 · les présentations ; — 45-60 : le premier service ; — 61-88 : suite du dîner, le vin ; — 89-132 : le rôti ; — 134-148 on boit à la santé de l'hôte ; — 149-156 : le dernier service ; — 157-166 : conversation générale ; — 167-224 · discussion littéraire et querelle qui en résulte ; — 225-236 · on sépare les combattants ; le narrateur gagne la porte.

> Quel sujet inconnu vous trouble et vous altère?
> D'où vous vient aujourd'hui cet air sombre et sévère,
> Et ce visage enfin plus pâle qu'un rentier
> A l'aspect d'un arrêt qui retranche un quartier?
> Qu'est devenu ce teint dont la couleur fleurie
> Semblait d'ortolans seuls et de bisques nourrie.   5
> Où la joie en son lustre attirait les regards,
> Et le vin en rubis brillait de toutes parts?
> Qui vous a pu plonger dans cette humeur chagrine?
> A-t-on par quelque édit réformé la cuisine?   10

(1) Imitation de JUVÉNAL (*Sat.* IX) :

> *Scire velim· quare toties mihi, Nævole, tristis*
> *Occurras, fronte obducta...*

« Je voudrais savoir pourquoi, Nævolus, chaque fois que je te rencontre, tu es soucieux, et tu as le front contracté... » — (3) *Qu'un rentier*. Il serait plus correct de dire : *Que celui d'un rentier*. — (4) *Un quartier*, un quart (un trimestre) des rentes. « Le Roi, en ce temps-là, dit Boileau, avait supprimé un quartier de rentes établies sur l'Hôtel de Ville. » Une épigramme écrite à cette époque se terminait ainsi : « Nous allions à l'Hôtel de Ville. Et nous irons à l'Hôtel-Dieu. » — (6) *Ortolans*. Petit oiseau de passage, mets très cher et très estimé. Dans la fable de LA FONTAINE (V. 4), le rat de ville offre au rat des champs des *reliefs d'ortolans* , — *bisque*, sorte de potage fait d'un coulis de pigeons, d'écrevisses, etc... — (7) *Lustre*, éclat. — (8) *Rubis*. Imitation de RÉGNIER, qui décrit ainsi le nez de son *pédant* « Où maints rubis balais, tout rougissants de vin, Montraient un *hac itur* à la Pomme de pin. » (*Sat.* X, 157-158.) — (10) *Réformé la cuisine*. On avait publié des édits

Ou quelque longue pluie, inondant vos vallons,
A-t-elle fait couler vos vins et vos melons?
Répondez donc enfin, ou bien je me retire.
　　— Ah ! de grâce un moment souffrez que je respire.
Je sors de chez un fat. qui, pour m'empoisonner,　　15
Je pense, exprès chez lui m'a forcé de dîner.
Je l'avais bien prévu. Depuis près d'une année,
J'éludais tous les jours sa poursuite obstinée.
Mais hier il m'aborde, et me serrant la main :
« Ah ! monsieur, m'a-t-il dit. je vous attends demain.　　20
N'y manquez pas au moins. J'ai quatorze bouteilles
D'un vin vieux... Boucingo n'en a point de pareilles ;
Et je gagerais bien que, chez le commandeur,
Villandri priserait sa sève et sa verdeur.
Molière avec Tartuffe y doit jouer son rôle ;　　25
Et Lambert, qui plus est, m'a donné sa parole.
C'est tout dire en un mot, et vous le connaissez.
— Quoi ! Lambert? — Oui, Lambert : à demain. — C'est
　　　　　　　　　　　　　　　　　　　　　　　[assez. »
　　Ce matin donc, séduit par sa vaine promesse,
J'y cours midi sonnant, au sortir de la messe.　　30
A peine étais-je entré, que, ravi de me voir,
Mon homme, en m'embrassant, m'est venu recevoir,
Et montrant à mes yeux une allégresse entière :
« Nous n'avons, m'a-t-il dit, ni Lambert ni Molière ;
Mais, puisque je vous vois, je me tiens trop content.　　35
Vous êtes un brave homme : entrez, on vous attend. »
　　A ces mots, mais trop tard, reconnaissant ma faute,
Je le suis en tremblant dans une chambre haute,
Où, malgré les volets, le soleil irrité
Formait un poêle ardent au milieu de l'été.　　40

somptuaires sur le luxe des habits . Boileau suppose qu'on a voulu de même
réformer le luxe de la table. — (12) *Couler...* se dit de la fleur d'un arbre
ou d'un arbuste, qui périt sans laisser de fruit. — (15) *Fat.* Cf. note du
v. 34 (*Disc. au Roi*). — (22) *Boucingo.* « Illustre marchand de vins. » (BOI-
LEAU.) — (23) *Le commandeur.* Jacques de Souvré, commandeur de Saint-
Jean-de-Latran ; un *commandeur* était le titulaire d'une commanderie
ou bénéfice appartenant à un ordre religieux et militaire. Jacques de Souvré
se distinguait par le luxe et la finesse de sa bonne chère. — (24) *Villandri.*
« Homme de qualité qui allait fréquemment chez le commandeur de Souvré. »
(BOILEAU.) — (25) *Tartuffe.* « La comédie de *Tartuffe* avait été défendue
en ce temps-là, et tout le monde voulait avoir Molière pour la réciter. »
(BOILEAU.) — (26) *Lambert,* maître de musique de la chambre du Roi ;
Lulli épousa sa fille. « Lambert, le fameux musicien, était un fort bon
homme qui promettait à tout le monde. mais qui ne venait jamais. » (BOI-
LEAU.) — (32) *En m'embrassant.* Sur cet usage, cf. MOLIÈRE : *Précieuses,* sc.
12, *Fâcheux,* I, 1, *Misanthrope,* I, 1 ; — *m'est venu recevoir.* Cf. note du v. 11
(*Disc. au Roi*).

Le couvert était mis dans ce lieu de plaisance,
Où j'ai trouvé d'abord, pour toute connaissance,
Deux nobles campagnards, grands lecteurs de romans,
Qui m'ont dit tout *Cyrus* dans leurs longs compliments.
J'enrageais. Cependant on apporte un potage.   45
Un coq y paraissait en pompeux équipage,
Qui, changeant sur ce plat et d'état et de nom,
Par tous les conviés s'est appelé chapon.
Deux assiettes suivaient, dont l'une était ornée
D'une langue en ragoût de persil couronnée ;   50
L'autre d'un godiveau tout brûlé par dehors,
Dont un beurre gluant inondait tous les bords.
On s'assied : mais d'abord notre troupe serrée
Tenait à peine autour d'une table carrée,
Où chacun malgré soi, l'un sur l'autre porté,   55
Faisait un tour à gauche, et mangeait de côté.
Jugez en cet état si je pouvais me plaire,
Moi qui ne compte rien ni le vin ni la chère,
Si l'on n'est plus au large assis en un festin
Qu'aux sermons de Cassaigne ou de l'abbé Cotin.   60
   Notre hôte cependant s'adressant à la troupe :
« Que vous semble, a-t-il dit, du goût de cette soupe?
Sentez-vous le citron dont on a mis le jus
Avec des jaunes d'œuf mêlés dans du verjus?
Ma foi, vive Mignot et tout ce qu'il apprête ! »   65
Les cheveux cependant me dressaient à la tête :
Car Mignot, c'est tout dire, et dans le monde entier
Jamais empoisonneur ne sut mieux son métier.
J'approuvais tout pourtant de la mine et du geste,
Pensant qu'au moins le vin dût réparer le reste.   70

(44) *Tout Cyrus. Cyrus* est le fameux roman de Mlle de Scudéry, paru en 1648. Boileau insinue ici qu'on ne le lit plus que dans les provinces. Cf. *Lutrin*, V, 462 . « ... *la Pharsale*, aux provinces si chère. » — (51) *Godiveau.* Pâté chaud, fait de viande hachée, d'andouillettes, d'asperges, de champignons, etc. — (60) *Cassaigne* (les premières éditions portaient Chassaigne), mort en 1679, était de l'Académie française depuis 1661. Prédicateur estimé, il a écrit la *Préface des Œuvres de Balzac* , et on lui doit plusieurs traduc ions , — *Cotin* (1604-1682) fut conseiller et aumônier du Roi ; il prêcha pendant seize ans à Paris. On le disait très érudit. Mais il avait le tort de composer de mauvais vers, et surtout dans le genre galant. Pour se venger de Boileau, il écrivit la *Satire des Satires* et la *Critique désintéressée des Satires du temps*, où il appelait Boileau-Despréaux, le sieur Desvipéreaux (Boileau avait d'abord écrit *Rautain*.) — (65) *Mignot.* Traiteur, demeurant rue de la Harpe, fournisseur de la cour. Au siècle suivant, une sœur de Voltaire épousa le fils de Mignot. Ce traiteur porta plainte, dit-on, contre Boileau : la justice n'ayant pas consenti à poursuivre le poète, Mignot enveloppa ses gâteaux dans la *Satire des Satires* de Cotin, imprimée à ses frais.

Pour m'en éclaircir donc, j'en demande : et d'abord
Un laquais effronté m'apporte un rouge-bord
D'un Auvernat fumeux, qui, mêlé de Lignage,
Se vendait chez Crenet pour vin de l'Ermitage,
Et qui, rouge et vermeil, mais fade et doucereux,   75
N'avait rien qu'un goût plat, et qu'un déboire affreux.
A peine ai-je senti cette liqueur traîtresse,
Que de ces vins mêlés j'ai reconnu l'adresse.
Toutefois avec l'eau que j'y mets à foison
J'espérais adoucir la force du poison.   80
Mais, qui l'aurait pensé? pour comble de disgrâce,
Par le chaud qu'il faisait nous n'avions point de glace.
Point de glace, bon Dieu ! dans le fort de l'été !
Au mois de juin ! Pour moi, j'étais si transporté,
Que, donnant de fureur tout le festin au diable,   85
Je me suis vu vingt fois prêt à quitter la table ;
Et, dût-on m'appeler et fantasque et bourru,
J'allais sortir enfin, quand le rôt a paru.

Sur un lièvre flanqué de six poulets étiques
S'élevaient trois lapins, animaux domestiques,   90
Qui, dès leur tendre enfance élevés dans Paris,
Sentaient encor le chou dont ils furent nourris.
Autour de cet amas de viandes entassées
Régnait un long cordon d'alouettes pressées,
Et sur les bords du plat six pigeons étalés   95
Présentaient pour renfort leurs squelettes brûlés.
A côté de ce plat paraissaient deux salades,
L'une de pourpier jaune, et l'autre d'herbes fades,
Dont l'huile de fort loin saisissait l'odorat,
Et nageait dans des flots de vinaigre rosat.   100
Tous mes sots, à l'instant changeant de contenance,
Ont loué du festin la superbe ordonnance ;
Tandis que mon faquin, qui se voyait priser,
Avec un ris moqueur les priait d'excuser.

(72) *Rouge-bord*. Un verre rempli de vin rouge, jusqu'au bord. — (73)
Auvernat .. Lignage. « Deux fameux vins du terroir d'Orléans. » (BOI-
LEAU) On sent bien l'ironie de cette note, le terroir d'Orléans ne pro-
duisant pas de bons vins. — (74) *Crenet*. « Marchand de vin, logé à la
Pomme de pin, près du pont Notre-Dame » (BOILEAU) ; — l'*Ermitage*,
excellent crû de la Drôme. — (76) *Déboire*. Mauvais goût qu'une bois-
son laisse dans la bouche. — (89) Pour décrire ce *rôt*, Boileau affecte
le style emphatique ; c'est une agréable parodie des poèmes épiques du
temps. — (96) Il y a dans cette description quelques imitations de la
Satire V d'HORACE (v. 6, 42, 90), mais Boileau s'est surtout inspiré des
usages de son temps. — (100) *Vinaigre rosat*, vinaigre de vin rouge ; *rosat*
ne désigne ici que la couleur ; souvent il se dit de compositions où l'on fait
entrer la rose rouge. — (103) *Faquin* Cf. note du v. 46 (*Sat.* I). — *Priser*.
Estimer, louer. — (104) *Ris*. Ce mot s'employait alors au singulier pour

Surtout certain hâbleur, à la gueule affamée, 105
Qui vint à ce festin conduit par la fumée,
Et qui s'est dit profès dans l'ordre des coteaux,
A fait en bien mangeant l'éloge des morceaux.
Je riais de le voir, avec sa mine étique,
Son rabat jadis blanc, et sa perruque antique, 110
En lapins de garenne ériger nos clapiers,
Et nos pigeons cauchois en superbes ramiers,
Et, pour flatter notre hôte, observant son visage,
Composer sur ses yeux son geste et son langage ;
Quand notre hôte charmé, m'avisant sur ce point : 115
« Qu'avez-vous donc, dit-il, que vous ne mangez point?
Je vous trouve aujourd'hui l'âme tout inquiète,
Et les morceaux entiers restent sur votre assiette.
Aimez-vous la muscade? on en a mis partout.
Ah ! monsieur, ces poulets sont d'un merveilleux goût ! 120
Ces pigeons sont dodus ; mangez, sur ma parole.
J'aime à voir aux lapins cette chair blanche et molle.
Ma foi, tout est passable, il le faut confesser,
Et Mignot aujourd'hui s'est voulu surpasser.
Quand on parle de sauce, il faut qu'on y raffine ; 125
Pour moi, j'aime surtout que le poivre y domine :
J'en suis fourni, Dieu sait ! et j'ai tout Pelletier
Roulé dans mon office en cornets de papier. »
A tous ces beaux discours j'étais comme une pierre,
Ou comme la statue est au *Festin de Pierre* ; 130
Et, sans dire un seul mot, j'avalais au hasard
Quelque aile de poulet dont j'arrachais le lard.

rire, on ne le trouve plus guère que dans l'expression allégorique : *les Jeux et les Ris*. — (107) *Profès*, religieux qui a prononcé ses vœux. — *Ordre des coteaux* : « Nom qui fut donné à trois grands seigneurs (Souvré, Mortemart, Sillery) qui étaient partagés sur l'estime qu'on devait faire des vins des coteaux qui sont aux environs de Reims : ils avaient chacun leurs partisans. » (BOILEAU.) — (111) *Clapier* Un *clapier* se dit d'un endroit où l'on élève des lapins domestiqués ; et, par figure, du lapin ainsi élevé. Cf. la même plaisanterie dans *les Plaideurs* de RACINE (I, sc. 6); Chicaneau dit à un valet : « Prends-moi dans mon *clapier* trois lapins de garenne. » — (112) *Cauchois*, du pays de Caux, en Normandie ; le *ramier* est le pigeon sauvage. — (121) *Sur ma parole*, c'est-à-dire : vous pouvez vous en rapporter à moi. — (123) *Passable*, c'est la figure appelée *litote*, où l'on se sert d'une expression affaiblie pour faire entendre davantage. — (127) *Pelletier*, cf. *Discours au Roi*, v. 54. Boileau a fréquemment usé de cette plaisanterie. Les libraires gardaient les livres *en feuilles*, et en faisaient relier les exemplaires au fur et à mesure des demandes. Quand un livre ne se débitait pas, le libraire finissait par en vendre les feuilles au poids : on en faisait alors des cornets pour les épiciers. — (130) *Le Festin de Pierre*. L'année même où cette Satire fut écrite (1665), Molière avait fait représenter *Don Juan ou le Festin de Pierre*. Dans cette pièce, la statue du Commandeur vient s'asseoir à la table de Don Juan.

Cependant mon hâbleur, avec une voix haute,
Porte à mes campagnards la santé de notre hôte,
Qui tous deux pleins de joie, en jetant un grand cri,   135
Avec un rouge-bord acceptent son défi.
Un si galant exploit réveillant tout le monde,
On a porté partout des verres à la ronde,
Où les doigts des laquais, dans la crasse tracés,
Témoignaient par écrit qu'on les avait rincés ;   140
Quand un des conviés, d'un ton mélancolique,
Lamentant tristement une chanson bachique,
Tous mes sots à la fois, ravis de l'écouter,
Détonnant de concert, se mettent à chanter.
La musique sans doute était rare et charmante !   145
L'un traîne en longs fredons une voix glapissante ;
Et l'autre, l'appuyant de son aigre fausset,
Semble un violon faux qui jure sous l'archet.

Sur ce point, un jambon d'assez maigre apparence,
Arrive sous le nom de jambon de Mayence.   150
Un valet le portait, marchant à pas comptés,
Comme un recteur suivi des quatre facultés.
Deux marmitons crasseux, revêtus de serviettes,
Lui servaient de massiers, et portaient deux assiettes,
L'une de champignons avec des ris de veau,   155
Et l'autre de pois verts qui se noyaient dans l'eau.
Un spectacle si beau surprenant l'assemblée,
Chez tous les conviés la joie est redoublée ;
Et la troupe, à l'instant cessant de fredonner,
D'un ton gravement fou s'est mise à raisonner.   160
Le vin au plus muet fournissant des paroles,
Chacun a débité ses maximes frivoles,
Réglé les intérêts de chaque potentat,
Corrigé la police, et réformé l'Etat ;
Puis, de là s'embarquant dans la nouvelle guerre,   165
A vaincu la Hollande ou battu l'Angleterre.

(136) *Rouge-bord.* Cf. v. 72. — (144) *Détonnant de concert.* Détonner, c'est
sortir du ton, et par conséquent chanter faux : *de concert*, parce que tous
les convives s'accordent à chanter faux. — (145) *Sans doute.* Assurément.
— (146) *Fredons,* synonyme de *roulades.* — (147) *Fausset.* Voix de tête.
— (148) *Violon,* compte pour 3 syllabes. — (152) Les quatre Facultés
étaient alors : la Théologie, la Médecine, le Droit, les Arts (Lettres et
Sciences). — (154) *Massiers.* « Le Recteur, quand il va en procession, est
toujours accompagné de deux massiers. » (BOILEAU.) On appelait *massiers*
des bedeaux portant des *masses* ou bâtons surmontés d'une grosse boule
d'argent. — (161) Ce vers est imité d'HORACE (*Ep.* I, V, 19) : *Fecundi
calices quem non fecere disertum ?* « Les coupes remplies sans cesse, quel
est celui qu'elles n'ont pas rendu éloquent ? » — (166) « L'Angleterre et
la Hollande étaient alors en guerre, et le Roi avait envoyé des secours
aux Hollandais. » (BOILEAU.)

Enfin, laissant en paix tous ces peuples divers,
De propos en propos on a parlé de vers.
Là, tous mes sots, enflés d'une nouvelle audace,
Ont jugé des auteurs en maîtres du Parnasse.   170
Mais notre hôte surtout, pour la justesse et l'art,
Elevait jusqu'au ciel Théophile et Ronsard ;
Quand un des campagnards, relevant sa moustache,
Et son feutre à grands poils ombragé d'un panache,
Impose à tous silence, et, d'un ton de docteur :   175
« Morbleu ! dit-il, La Serre est un charmant auteur !
Ses vers sont d'un beau style, et sa prose est coulante.
La Pucelle est encore une œuvre bien galante,
Et je ne sais pourquoi je bâille en la lisant.
Le Pays, sans mentir, est un bouffon plaisant :   180
Mais je ne trouve rien de beau dans ce Voiture.
Ma foi, le jugement sert bien dans la lecture !
A mon gré, le Corneille est joli quelquefois.
En vérité, pour moi j'aime le beau françois.
Je ne sais pas pourquoi l'on vante l'*Alexandre*,   185
Ce n'est qu'un glorieux qui ne dit rien de tendre.
Les héros chez Quinault parlent bien autrement,
Et jusqu'à *Je vous hais*, tout s'y dit tendrement.

(172) *Théophile* de Viau (1590-1626), auteur d'odes, d'élégies, de satires
et d'une tragédie : *Pyrame et Thisbé*. C'était un poète de talent, mais qui
manque précisément de *justesse* (c'est-à-dire de propriété dans les termes)
et d'*art* (c'est-à-dire de ce que nous appellerions le *métier*). — *Ronsard*. Cf.
Art Poétique, I, 123. — (176) *La Serre*. « Ecrivain célèbre par son galima-
tias. » (BOILEAU.) Puget de La Serre (1600-1665) fit jouer plusieurs tragédies, et publia un *Secrétaire de la cour* qui eut de nombreuses éditions. —
(178) *La Pucelle* ou *la France délivrée*, poème épique de Chapelain ; —
galante, le mot est d'une ironie supérieure, appliqué à une œuvre lourde
et pénible. — (179) *Je bâille*. Il y a peut-être ici une allusion au mot de
Mme de Longueville, entendant Chapelain lire *la Pucelle* : « Cela est par-
faitement beau, mais bien ennuyeux. » — (180) *Le Pays*. « Ecrivain estimé
chez les provinciaux, à cause d'un livre qu'il a fait, intitulé : *Amitiés,
amours et amourettes*. » (BOILEAU.) Le Pays, né en 1636, est mort en 1690.
— (181) *Voiture* (1598-1648). On sait quelle fut sa réputation, comme
poète et comme *épistolier*, à l'Hôtel de Rambouillet. Boileau, ennemi du
précieux et du maniéré, a toujours eu cependant beaucoup d'estime pour
Voiture ; dans la *Satire* IX, v. 27, il le met au rang d'Horace. — (183) *Joli*.
Dans cette *sottise* du campagnard, Boileau a peut-être enfermé une juste
critique. Les tragédies de Corneille, à partir de 1660, contiennent en effet
des scènes de galanterie assez fade. — (184) *François*. La rime était alors
fort exacte : on prononçait *ouè* les syllabes en *ois*. Au dix-huitième siècle,
quand la prononciation *ais* s'était généralisée pour certains mots, on
usa par licence poétique de fausses rimes. — (185) *Alexandre*, tragédie de
Racine, représentée en 1665. D'après le vers suivant, on voit que les
contemporains, habitués aux fadeurs galantes, n'en trouvèrent pas assez
dans l'*Alexandre*. — (187) *Quinault*. Cf *Satire* II, v. 20. — (188) Allusion probable à la tragédie de *Stratonice*, mais plutôt à tout le théâtre

On dit qu'on l'a drapé dans certaine satire,
Qu'un jeune homme... — Ah ! je sais ce que vous voulez
[dire, 190
A répondu notre hôte : « Un auteur sans défaut,
« La raison dit Virgile, et la rime Quinault. »
— Justement. A mon gré, la pièce est assez plate.
Et puis, blâmer Quinault ! Avez-vous vu *l'Astrate*?
C'est là ce qu'on appelle un ouvrage achevé.   195
Surtout l'anneau royal me semble bien trouvé.
Son sujet est conduit d'une belle manière ;
Et chaque acte, en sa pièce, est une pièce entière.
Je ne puis plus souffrir ce que les autres font.
      — Il est vrai que Quinault est un esprit profond, »   200
A repris certain fat qu'à sa mine discrète
Et son maintien jaloux j'ai reconnu poète :
« Mais il en est pourtant qui le pourraient valoir.
— Ma foi, ce n'est pas vous qui nous le ferez voir, »
A dit mon campagnard avec une voix claire,   205
Et déjà tout bouillant de vin et de colère.
« Peut-être, a dit l'auteur, pâlissant de courroux :
Mais vous, pour en parler, vous y connaissez-vous?
— Mieux que vous mille fois, dit le noble en furie.
— Vous? mon Dieu ! mêlez-vous de boire, je vous prie, » 210
A l'auteur sur-le-champ aigrement reparti.
« Je suis donc un sot, moi? vous en avez menti, »
Reprend le campagnard ; et, sans plus de langage,
Lui jette pour défi son assiette au visage.
L'autre esquive le coup, et l'assiette volant   215
S'en va frapper le mur, et revient en roulant.
A cet affront l'auteur, se levant de la table,
Lance à mon campagnard un regard effroyable ;
Et, chacun vainement se ruant entre deux,
Nos braves s'accrochant se prennent aux cheveux.   220
Aussitôt sous leurs pieds les tables renversées
Font voir un long débris de bouteilles cassées :
En vain à lever tout les valets sont fort prompts,
Et les ruisseaux de vin coulent aux environs.

de Quinault. — (190) Boileau renvoie ici à sa 2ᵉ satire (*A Molière*), et se
cite lui-même. — (194) *L'Astrate* (1664). Dans cette tragédie, Elise, reine
de Tyr, confie à Agénor un anneau que celui-ci doit remettre de sa part à
Astrate qu'elle aime. Mais Agénor veut le garder pour lui ; alors Elise le
fait arrêter. — (198) On ne saurait faire un éloge plus compromettant d'une
pièce de théâtre, où la règle essentielle est celle de l'unité d'action. —
(201) *Fat.* Cf. note du v. 34 (*Disc. au Roi*). — (206) *Tout bouillant...* Cf.
RÉGNIER (*Sat.* X, 367) : *Le pédant tout fumeux de vin et de doctrine.* —
(222) *Débris.* Le mot s'employait alors au singulier. — (223) *Lever.* Enlever.
— (234) *Vins de Brie.* La Brie ne produit que des vins très médiocres.

Enfin, pour arrêter cette lutte barbare,   225
De nouveau l'on s'efforce, on crie, on les sépare,
Et, leur première ardeur passant en un moment,
On a parlé de paix et d'accommodement.
Mais tandis qu'à l'envi tout le monde y conspire,
J'ai gagné doucement la porte sans rien dire,   230
Avec un bon serment que, si pour l'avenir
En pareille cohue on me peut retenir,
Je consens de bon cœur, pour punir ma folie,
Que tous les vins pour moi deviennent vins de Brie,
Qu'à Paris le gibier manque tous les hivers,   235
Et qu'à peine au mois d'août l'on mange des pois verts.

SATIRE IV

(1664)

A M. L'ABBÉ LE VAYER.

(*Les Folies humaines.*)

Boileau eut un jour, dit Brossette, une conversation avec l'abbé Le Vayer et Molière, sur la folie commune à tous les hommes, et il écrivit cette Satire.

Résumé. — 1-4 : Boileau annonce son sujet : les hommes s'accusent réciproquement de folie ; — 5-10 : le *pédant* « croit qu'un livre fait tout » ; — 11-18 : le *galant* condamne la science; — 19-22 : le *bigot* damne tout le monde , — 23-28 : le *libertin* soutient que tout dévot « a le cerveau perclus » ; — 29-36 : les hommes sont tous fous ; ce n'est qu'une question de degré ; — 37-55 : chacun erre à sa façon; seul est sage celui qui ne croit point l'être ; mais on est toujours indulgent pour soi-même ; — 56-61 : l'avare ; — 62-67 : le libertin ; — 68-80 : le joueur ; — 81-85 : il est d'ailleurs des folies douces ; — 86-98 : Chapelain admire ses propres vers ; il serait cruel de le détromper ; — 99-108 ; erreur d'un médecin qui guérit la douce folie d'un bigot ; — 109-124 : la raison est parfois le pire de nos maux.

D'où vient, cher Le Vayer, que l'homme le moins sage
Croit toujours seul avoir la sagesse en partage,
Et qu'il n'est point de fou qui, par belles raisons,
Ne loge son voisin aux Petites-Maisons?
Un pédant, enivré de sa vaine science,   5
Tout hérissé de grec, tout bouffi d'arrogance,
Et qui, de mille auteurs retenus mot pour mot,
Dans sa tête entassés, n'a souvent fait qu'un sot,
Croit qu'un livre fait tout, et que, sans Aristote,
La raison ne voit goutte, et le bon sens radote.   10
   D'autre part un galant, de qui tout le métier
Est de courir le jour de quartier en quartier,
Et d'aller, à l'abri d'une perruque blonde,
De ses froides douceurs fatiguer tout le monde,
Condamne la science, et, blâmant tout écrit,   15
Croit qu'en lui l'ignorance est un titre d'esprit,
Que c'est des gens de cour le plus beau privilège,
Et renvoie un savant dans le fond d'un collège.

(1) *L'abbé Le Vayer* était fils unique de La Mothe Le Vayer, conseiller d'Etat, précepteur de Monsieur, frère du Roi. L'abbé Le Vayer avait publié une traduction de *Florus*. Il mourut à 35 ans, en 1664. Molière adressa au père, son ami, un beau sonnet sur la mort de son fils. — (3) *Par belles raisons*. Ellipse de l'article *de*. — (4) *Petites-Maisons*. Hôpital général où l'on enfermait les fous ; il dépendait de l'abbaye de Saint-Germain-des-Prés. — (⁹) *Aristote*. Sur l'autorité exagérée d'Aristote, cf. l'*Arrêt burle que* de Boileau. — (11) *Galant*. Cf. note du v. 17 (*Sat.* II) Mais ici le mot a un sens ironique et défavorable.

Un bigot orgueilleux, qui, dans sa vanité,
Croit duper jusqu'à Dieu par son zèle affecté,   20
Couvrant tous ses défauts d'une sainte apparence,
Damne tous les humains de sa pleine puissance.
Un libertin d'ailleurs, qui, sans âme et sans foi,
Se fait de son plaisir une suprême loi,
Tient que ces vieux propos de démons et de flammes   25
Sont bons pour étonner des enfants et des femmes ;
Que c'est s'embarrasser de soucis superflus,
Et qu'enfin tout dévot a le cerveau perclus.
En un mot, qui voudrait épuiser ces matières,
Peignant de tant d'esprits les diverses manières,   30
Il compterait plutôt combien, dans un printemps
Guénaud et l'antimoine ont fait mourir de gens...
Mais, sans errer en vain dans ces vagues propos,
Et pour rimer ici ma pensée en deux mots,
N'en déplaise à ces fous, nommés sages de Grèce,   35
En ce monde il n'est point de parfaite sagesse :
Tous les hommes sont fous ; et malgré tous leurs soins
Ne diffèrent entre eux que du plus ou du moins.
Comme on voit qu'en un bois que cent routes séparent
Les voyageurs sans guide assez souvent s'égarent,   40
L'un à droit, l'autre à gauche, et, courant vainement,
La même erreur les fait errer diversement,
Chacun suit dans le monde une route incertaine,
Selon que son erreur le joue et le promène ;
Et tel y fait l'habile et nous traite de fous,   45
Qui sous le nom de sage est le plus fou de tous.
Mais, quoi que sur ce point la satire publie,
Chacun veut en sagesse ériger sa folie ;
Et, se laissant régler à son esprit tortu,
De ses propres défauts se fait une vertu.   50
Ainsi, cela soit dit pour qui veut se connaître,
Le plus sage est celui qui ne pense point l'être ;
Qui, toujours pour un autre enclin vers la douceur,

(23) *Libertin.* Signifie, au XVIIe siècle, libre esprit, libre penseur, —
d'ailleurs d'autre part. — (26) *Étonner.* Cf note du v. 159 (*Sat.* I). —
(28) *Dévot* s'oppose ici à *bigot* du v. 19. — (32) *Guénaud* (1590-1667) était
médecin de la reine ; Molière l'a ridiculisé, dans *l'Amour médecin,* sous
le nom de Macroton. L'antimoine avait été interdit par la Faculté en
1566 et 1615 ; mais il devait être réhabilité En effet *le tartrate d'antimoine
et de potasse (émétique)* avait guéri le jeune Louis XIV ; plusieurs médecins
sérieux en usèrent avec succès, et, en 1666, la Faculté rapporta son ancienne interdiction. — (35) *Sages de Grèce.* Les sept Sages : Thalès, Pitta-
cus, Bias, Solon, Cléobule, Périandre, Chilon. — (39) *Séparent.* Nous dirions:
coupent. — (41) *Droit,* très fréquent au XVIIe siècle pour *droite* (sous-
entendu *côté*). — (42) *Diversement,* en des sens contraires.

Se regarde soi-même en sévère censeur,
Rend à tous ses défauts une exacte justice,   55
Et fait sans se flatter le procès à son vice.
Mais chacun pour soi-même est toujours indulgent.
  Un avare, idolâtre et fou de son argent,
Rencontrant la disette au sein de l'abondance,
Appelle sa folie une rare prudence,   60
Et met toute sa gloire et son souverain bien
A grossir un trésor qui ne lui sert de rien.
Plus il le voit accru, moins il en sait l'usage.
  « Sans mentir, l'avarice est une étrange rage, »
Dira cet autre fou non moins privé de sens,   65
Qui jette, furieux, son bien à tous venants,
Et dont l'âme inquiète, à soi-même importune,
Se fait un embarras de sa bonne fortune.
Qui des deux en effet est le plus aveuglé?
« L'un et l'autre, à mon sens, ont le cerveau troublé, »   70
Répondra, chez Frédoc, ce marquis sage et prude,
Et qui sans cesse au jeu, dont il fait son étude,
Attendant son destin d'un quatorze ou d'un sept,
Voit sa vie ou sa mort sortir de son cornet.
Que si d'un sort fâcheux la maligne inconstance   75
Vient par un coup fatal faire tourner la chance,
Vous le verrez bientôt, les cheveux hérissés,
Et les yeux vers le ciel de fureur élancés,
Ainsi qu'un possédé que le prêtre exorcise,
Fêter dans ses serments tous les saints de l'Eglise.   80
Qu'on le lie ; ou je crains, à son air furieux,
Que ce nouveau Titan n'escalade les cieux.

(57) Ici commence une série de *portraits* l'avare, le prodigue, le joueur, le rimeur ; ce dernier est le seul sous lequel Boileau inscrive un nom, celui de Chapelain, et c'est aussi le seul qui ait de la précision et du piquant. — (62) Après le vers 62, les premières éditions en contenaient treize retranchés en 1684, et imités assez péniblement d'HORACE (*Satires* II, III, 48). — (66) *Furieux*, fou furieux (le latin *furor* a souvent le sens de *folie*). — (68) *Bonne fortune* se disait rarement, même au dix-septième siècle, pour *richesse*. — (71) *Frédoc* « Frédoc tenait une académie de jeu très fréquentée en ce temps-là. Il logeait à la place du Palais-Royal » (BOILEAU). — (71) *Prude* (latin *prudens*, sage) s'emploie rarement au masculin. Il a généralement un sens ironique et défavorable, et désigne une femme qui affecte la vertu (Cf. MOLIÈRE) — (73) *Quatorze .. sept...* Imité de RÉGNIER (*Sat.* XIV, 116) : « ... Dessus *sept* et *quatorze* il assigne ses dettes. » Au jeu des *trois dés*, les coups qui sont les plus rares sont ceux qui amènent *sept* ou *quatorze*. — (82) *Titan* (Mythologie). Les Titans ou Géants déclarèrent la guerre aux dieux de l'Olympe, et voulurent escalader cette montagne, séjour des dieux, en entassant le mont Pelion sur le mont Ossa. Jupiter les frappa de la foudre. — Sur la folie du jeu au dix-septième siècle, cf. les *Sermons* de BOURDALOUE, les *Caractères* de LA BRUYÈRE, les *Mémoires*

Mais laissons-le plutôt en proie à son caprice.
Sa folie, aussi bien, lui tient lieu de supplice.
Il est d'autres erreurs dont l'aimable poison   85
D'un charme bien plus doux enivre la raison :
L'esprit dans ce nectar heureusement s'oublie.
    Chapelain veut rimer, et c'est là sa folie.
Mais bien que ses durs vers, d'épithètes enflés,
Soient des moindres grimauds chez Ménage sifflés,   90
Lui-même il s'applaudit, et, d'un esprit tranquille,
Prend le pas au Parnasse au-dessus de Virgile.
Que ferait-il, hélas ! si quelque audacieux
Allait pour son malheur lui dessiller les yeux,
Lui faisant voir ses vers et sans force et sans grâces,   95
Montés sur deux grands mots, comme sur deux échasses,
Ses termes sans raison l'un de l'autre écartés,
Et ses froids ornements à la ligne plantés?
Qu'il maudirait le jour où son âme insensée
Perdit l'heureuse erreur qui charmait sa pensée !   100
    Jadis certain bigot, d'ailleurs homme sensé,
D'un mal assez bizarre eut le cerveau blessé,
S'imaginant sans cesse, en sa douce manie,
Des esprits bienheureux entendre l'harmonie.
Enfin un médecin fort expert en son art   105
Le guérit par adresse, ou plutôt par hasard :
Mais voulant de ses soins exiger le salaire :
« Moi vous payer ! lui dit le bigot en colère,
Vous dont l'art infernal, par des secrets maudits,
En me tirant d'erreur m'ôte du paradis ! »   110
    J'approuve son courroux ; car, puisqu'il faut le dire,
Souvent de tous nos maux la raison est le pire.
C'est elle qui, farouche au milieu des plaisirs,
D'un remords importun vient brider nos désirs.
La fâcheuse a pour nous des rigueurs sans pareilles ;   115

de SAINT-SIMON, le *Joueur* de REGNARD (1696), etc. — (86) *Charme*, sens
très fort au dix-septième siècle (latin *carmen*, incantation magique). —
On dit encore : jeter un *charme*. — (88) *Chapela n*. Cf. *Discours au Roi*,
v. 25, et *Satire* III, v. 178. La 1ʳᵉ édition portait *Ariste*, au lieu de Chapelain. — (89) Ici, Boileau imite plaisamment la *dureté* des vers de Chapelain — (90) *Grimauds*, écoliers, et, par suite, ignorants. — *Ménage*.
« On tenait chez Ménage, toutes les semaines, une assemblée où allaient beaucoup de petits esprits. » (BOILEAU.) Sur Ménage, cf. *Satire* II, v. 18. —
(96) *Echasses*... Comme type de ce genre de vers, Boileau citait · « De ce
sourcilleux roc l'inébranlable cime. » — (100) *Charmait* Cf note du v. 86. —
(101) Tout ce passage est imité d'HORACE, *Ep.* II, ii, 128 , mais dans Horace
il s'agit d'un personnage qui s'assied sur les gradins du cirque vide, et qui
croit y voir des spectacles enchanteurs ; on le guérit de sa folie, et il re-
grette son *erreur*. — (103) *Manie* Cf note du v 13 (*Disc. au Roi*) — (114) *Brider*. Tenir en bride, réfréner — (115) *Fâcheuse*. Importune.

C'est un pédant qu'on a sans cesse à ses oreilles,
Qui toujours nous gourmande, et, loin de nous toucher,
Souvent, comme Joli, perd son temps à prêcher.
En vain certains rêveurs nous l'habillent en reine,
Veulent sur tous nos sens la rendre souveraine,   120
Et s'en formant en terre une divinité,
Pensent aller par elle à la félicité :
C'est elle, disent-ils, qui nous montre à bien vivre.
Ces discours, il est vrai, sont fort beaux dans un livre :
Je les estime fort ; mais je trouve en effet   125
Que le plus fou souvent est le plus satisfait.

(118) *Joli.* « Illustre prédicateur, alors curé de Saint-Nicolas-des-
Champs, à Paris, et depuis évêque d'Agen. » (BOILEAU.) Il est mort en
1678, et nous avons de lui huit volumes de *Sermons* ou *Prônes.* — (126)
Tout ce *raisonnement* sur la *raison* est ironique ; c'est ce que n'a pas compris Cotin, qui, dans la *Critique désintéressée sur les Satires du temps,*
accuse Boileau d'immoralité.

SATIRE V

(1665)

A M. LE MARQUIS DE DANGEAU

(*Sur la Noblesse.*)

Cette Satire est imitée de la 8ᵉ de JUVÉNAL ; on peut également la rapprocher du discours de Marius (SALLUSTF, *Jugurtha*, 86), et de nombreux passages des philosophes et des moralistes anciens. Elle est d'ailleurs *originale* par la composition et par les détails d'actualité, et Boileau n'a emprunté à ses devanciers que le *lieu commun*. — Boileau dédia cette *Satire* au marquis de Dangeau (cf. note du v. 1) ; on prétend qu'il voulait l'adresser au duc de La Rochefoucauld, l'auteur des *Maximes*, et qu'il y aurait renoncé parce que ce nom était trop difficile à loger dans un alexandrin. (Cf. cependant le v. 96 de l'*Ep.* VII.)

Résumé. — 1-4 : La noblesse n'est pas une chimère quand on suit les traces de ses aïeux ; — 5-20 : mais le fat a beau se vanter d'une suite d'aïeux, qu'importe si son cœur « dément sa superbe origine » ? — 21-26 : cependant ne dirait-on pas, à le voir et à l'entendre, qu'il est supérieur aux autres hommes ? — 27-28 : aussi le poète va-t-il lui adresser la parole sans le ménager ; — 29-70 : on ne doit reconnaître pour noble que celui qui pratique la vertu ; si vous ne faites voir que bassesse, vos aïeux sont des témoins qui se retournent contre vous ; — 71-92 : jadis, le mérite seul faisait les nobles et les rois ; aujourd'hui, le *nom* tient lieu de vertu ; on a inventé le blason ; — 93-97 : on s'est mis à étaler la dépense et les distinctions extérieures ; — 99-118 : la noblesse s'endette et se mésallie ; car sans argent, les aïeux ne servent de rien ; et le riche est bien vite reconnu pour noble ; — 119-132 : que Dangeau montre à un Roi infatigable et sage, que ses sujets sont dignes de lui.

La noblesse, Dangeau, n'est pas une chimère,
Quand, sous l'étroite loi d'une vertu sévère,
Un homme issu d'un sang fécond en demi-dieux
Suit, comme toi, la trace où marchaient ses aïeux.
Mais je ne puis souffrir qu'un fat, dont la mollesse   5
N'a rien pour s'appuyer qu'une vaine noblesse,
Se pare insolemment du mérite d'autrui,
Et me vante un honneur qui ne vient pas de lui.
Je veux que la valeur de ses aïeux antiques

(1) *Dangeau* (1638-1720). Philippe de Courcillon, marquis de Dangeau, n'était peut-être pas le personnage le mieux choisi pour représenter la vraie et grande noblesse. LA BRUYÈRE l'a peint, dans son chapitre *Des Grands*, sous le nom de Pamphile. On lui doit un *Journal* (18 volumes). où il a noté au jour le jour tous les événements de la cour de 1684 à 1720. SAINT-SIMON a commencé ses *Memoires* par des annotations au *Journal de Dangeau*, dont il déclarait que « la fadeur le faisait vomir ». — (3) *Demi-dieux.* Expression figurée pour : les *princes*, les *grands*... Cf. LA BRUYÈRE : « Les *enfants des dieux* se tirent des règles de la nature et en sont comme l'exception... » (*Du mérite personnel*) — (4) *Où*, s'emploie fréquemment au dix-septième siècle pour *auxquels, dans lesquels*, etc... — (5) *Fat.* Cf. note du v. 34 (*Disc. au Roi*). — (9) *Je veux...* je consens à ce que...

Ait fourni de matière aux plus vieilles chroniques.   10
Et que l'un des Capets, pour honorer leur nom,
Ait de trois fleurs de lys doté leur écusson :
Que sert ce vain amas d'une inutile gloire,
Si de tant de héros célèbres dans l'histoire,
Il ne peut rien offrir aux yeux de l'univers   15
Que de vieux parchemins qu'ont épargnés les vers ;
Si, tout sorti qu'il est d'une source divine,
Son cœur dément en lui sa superbe origine,
Et, n'ayant rien de grand qu'une sotte fierté,
S'endort dans une lâche et molle oisiveté?   20
Cependant, à le voir avec tant d'arrogance
Vanter le faux éclat de sa haute naissance,
On dirait que le ciel est soumis à sa loi,
Et que Dieu l'a pétri d'autre limon que moi.
Enivré de lui-même, il croit, dans sa folie,   25
Qu'il faut que devant lui d'abord tout s'humilie.
Aujourd'hui toutefois, sans trop le ménager,
Sur ce ton un peu haut je vais l'interroger :
   Dites-moi, grand héros, esprit rare et sublime,
Entre tant d'animaux, qui sont ceux qu'on estime?   30
On fait cas d'un coursier qui, fier et plein de cœur,
Fait paraître en courant sa bouillante vigueur ;
Qui jamais ne se lasse, et qui dans la carrière
S'est couvert mille fois d'une noble poussière :
Mais la postérité d'Alfane et de Bayard,   35
Quand ce n'est qu'une rosse, est vendue au hasard,
Sans respect des aïeux dont elle est descendue,
Et va porter la malle, ou tirer la charrue.
Pourquoi donc voulez-vous que, par un sot abus,
Chacun respecte en vous un honneur qui n'est plus?   40
On ne m'éblouit point d'une apparence vaine :
La vertu d'un cœur noble est la marque certaine.
Si vous êtes sorti de ces héros fameux,
Montrez-nous cette ardeur qu'on vit briller en eux,

(12) *Dot.* La famille d'Estaing avait reçu de Philippe-Auguste, sauvé
à la bataille de Bouvines par le chevalier d'Estaing, la permission d'ajouter
à son blason le *chef de France* trois fleurs de lys sur champ d'azur. —
(18) *Superbe*, orgueilleux. — Les vers 25-28 ne figuraient pas dans la
1re édition mais alors l'apostrophe : « Dites-moi, grand héros.. » paraissait
s'adresser à Dangeau. Il y avait là une équivoque, que Boileau dissipa en
ajoutant ces quatre vers — (30) Imitation de JUVÉNAL (VIII, 56). —
(35) *Alfane* « Cheval du roi Gradasse, dans l'Arioste » (BOILEAU) Le
poète a mal interprété le vers de l'Arioste où se trouve l'expression : *una
alfana la più bella* *Alfana* veut dire jument — Bayard est le cheval
de Renaud de Montauban, dans 'e poème de ce nom, popularisé sous le
titre des *Quatre fils Aymon*. — (37) *Malle*. Sorte de sac ou de coffre que
l'on faisait porter aux chevaux.

Ce zèle pour l'honneur, cette horreur pour le vice.   45
Respectez-vous les lois? Fuyez-vous l'injustice?
Savez-vous pour la gloire oublier le repos,
Et dormir en plein champ le harnais sur le dos?
Je vous connais pour noble à ces illustres marques.
Alors soyez issu des plus fameux monarques,   50
Venez de mille aïeux ; et, si ce n'est assez,
Feuilletez à loisir tous les siècles passés ;
Voyez de quel guerrier il vous plaît de descendre,
Choisissez de César, d'Achille, ou d'Alexandre :
En vain un faux censeur voudrait vous démentir,   55
Et si vous n'en sortez, vous en devez sortir.
Mais, fussiez-vous issu d'Hercule en droite ligne,
Si vous ne faites voir qu'une bassesse indigne,
Ce long amas d'aïeux que vous diffamez tous
Sont autant de témoins qui parlent contre vous ;   60
Et tout ce grand éclat de leur gloire ternie
Ne sert plus que de jour à votre ignominie.
En vain, tout fier d'un sang que vous déshonorez,
Vous dormez à l'abri de ces noms révérés :
En vain vous vous couvrez des vertus de vos pères :   65
Ce ne sont à mes yeux que de vaines chimères ;
Je ne vois rien en vous qu'un lâche, un imposteur,
Un traître, un scélérat, un perfide, un menteur,
Un fou dont les accès vont jusqu'à la furie,
Et d'un tronc fort illustre une branche pourrie.   70
... Que maudit soit le jour où cette vanité
Vint ici de nos mœurs souiller la pureté !
Dans les temps bienheureux du monde en son enfance,
Chacun mettait sa gloire en sa seule innocence ;
Chacun vivait content, et sous d'égales lois,   75
Le mérite y faisait la noblesse et les rois ;
Et, sans chercher l'appui d'une naissance illustre,
Un héros de soi-même empruntait tout son lustre.
Mais enfin par le temps le mérite avili

(48) *Harnais*, armure. — (49) *Connais*, reconnais. — (60) Cf. Molière
(*Don Juan*, IV, 6). Don Louis reproche à son fils Don Juan ses désordres
et lui dit : « ... Vous descendez en vain des aïeux dont vous êtes né : ils
vous désavouent pour leur sang, et tout ce qu'ils ont fait d'illustre ne vous
donne aucun avantage ; au contraire, l'éclat n'en rejaillit sur vous qu'à
votre déshonneur, et leur gloire est un flambeau qui éclaire aux yeux d'un
chacun la honte de vos actions. » — Salluste exprime la même idée dans le
discours de Marius (*Jugurtha*, 85). — (73) Cf. le développement : *Jadis
l'homme vivait au travail occupé...*, etc. (*Epître* IX, v. 117), et : *Sous le
bon roi Saturne...* (*Sat.* XI, 139-204). Ces *retours* vers l'âge d'or comptent
parmi les plus anciens et les plus fréquents *clichés* de la poésie. On les
retrouve chez Horace, Virgile, Ovide, Juvénal, au moyen âge dans le
Roman de la Rose, etc.. — (78) *Lustre*. Gloire — (79) *Par le temps*, pour :

Vit l'honneur en roture, et le vice ennobli ; 80
Et l'orgueil, d'un faux titre appuyant sa faiblesse,
Maîtrisa les humains sous le nom de noblesse.
De là vinrent en foule et marquis et barons :
Chacun pour ses vertus n'offrit plus que des noms.
Aussitôt maint esprit fécond en rêveries 85
Inventa le blason avec les armoiries ;
De ces termes obscurs fit un langage à part ;
Composa tous ses mots de Cimier et d'Ecart,
De Pal, de Contrepal, de Lambel et de Fasce,
Et tout ce que Segoing dans son *Mercure* entasse. 90
Une vaine folie enivrant la raison,
L'honneur triste et honteux ne fut plus de saison.
Alors, pour soutenir son rang et sa naissance,
Il fallut étaler le luxe et la dépense ;
Il fallut habiter un superbe palais, 95
Faire par les couleurs distinguer ses valets,
Et, traînant en tous lieux de pompeux équipages,
Le duc et le marquis se reconnut aux pages.

Bientôt, pour subsister, la noblesse sans bien
Trouva l'art d'emprunter, et de ne rendre rien, 100
Et, bravant des sergents la timide cohorte,
Laissa le créancier se morfondre à sa porte :
Mais, pour comble, à la fin le marquis en prison
Sous le faix des procès vit tomber sa maison.
Alors le noble altier, pressé de l'indigence, 105
Humblement du faquin rechercha l'alliance ;
Avec lui trafiquant d'un nom si précieux,
Par un lâche contrat vendit tous ses aïeux ;
Et, corrigeant ainsi la fortune ennemie,
Rétablit son honneur à force d'infamie. 110

avec le temps. — (80) *Roture.* Du latin *ruptura* (terre que l'on *brise*, que l'on cultive), se disait d'abord d'un petit héritage, puis de l'état de ceux qui le possédaient, par opposition aux propriétaires de grands fiefs ; — *Ennobli.* Aujourd'hui nous ne prenons plus *ennobli* qu'au sens figuré ; au sens de *faire* ou *rendre noble*, on dit *anoblir*. — (84) *Pour* = au lieu de. — (86) *Le blason* désigne ici la *science du blason*. — (88) *Cimier.* Ornement ou attribut placé au sommet du casque ; — *Ecart*, chaque quartier de l'écu divisé en quatre. — (89) *Pal* Pièce traversant l'écu de haut en bas ; — *Contrepal*, pal divisé en deux parties ; — *Lambel*, barre horizontale placée au chef de l'écu, et garnie de trois pendants ; — *Fasce*, pièce qui coupe horizontalement l'écu par le milieu. — (90) *Segoing*, auteur du *Mercure armorial* ou *Trésor héraldique*, publié en 1657. — (92) Cf. RÉGNIER (*Sat.* XIII) : « L'honneur est un vieux saint que l'on ne chôme plus. » — (98) *Pages.* Cf. LA FONTAINE : « Tout petit prince a des ambassadeurs. Tout marquis veut avoir des *pages*. » (*Fables*, I, 13.) — (101) *Sergents*, huissiers. — (102) *Créancier.* Cf. MOLIÈRE, *Don Juan* (IV, 3) ; et les Sermons de Bossuet, de Bourdaloue, de Massillon, où cette question des *dettes* est souvent traitée. — (106) *Faquin.* Cf. note du v. 46 (*Sat.* I.) — (110) Sur ces mésalliances, cf. LA BRUYÈRE

Car, si l'éclat de l'or ne relève le sang,
En vain l'on fait briller la splendeur de son rang ;
L'amour de vos aïeux passe en vous pour manie,
Et chacun pour parent vous fuit et vous renie.
Mais quand un homme est riche il vaut toujours son
           [prix ; 115
Et, l'eût-on vu porter la mandille à Paris,
N'eût-il de son vrai nom ni titre ni mémoire,
D'Hozier lui trouvera cent aïeux dans l'histoire.
 Toi donc, qui de mérite et d'honneurs revêtu,
Des écueils de la cour as sauvé ta vertu,   120
Dangeau, qui, dans le rang où notre Roi t'appelle,
Le vois, toujours orné d'une gloire nouvelle,
Et plus brillant par soi que par l'éclat des lis,
Dédaigner tous ces rois dans la pourpre amollis,
Fuir d'un honteux loisir la douceur importune ; 125
A ses sages conseils asservir la fortune ;
Et, de tout son bonheur ne devant rien qu'à soi,
Montrer à l'univers ce que c'est qu'être roi ;
Si tu veux te couvrir d'un éclat légitime,
Va par mille beaux faits mériter son estime ; 130
Sers un si noble maître ; et fais voir qu'aujourd'hui
Ton prince a des sujets qui sont dignes de lui.

(*Des biens de fortune*), et le mot de Mme de Grignan, mariant son fils à la fille d'un fermier général : « Il faut bien fumer ses terres. » — (113) *Manie.* Cf. note du v. 13 (*Disc. au Roi*) — (116) *Mandille.* « Petite casaque qu'en ce temps-là portaient les laquais. » (BOILEAU.) Cf. REGNARD (*Joueur,* V, 6) : « Qu'on ne s'étonne plus qu'un laquais, un pied plat, De sa vieille *mandille* achète un marquisat. » *Mandille* est, selon Littré, une autre forme de *mantille,* dérivé de *mante.* — (118) *D'Hozier.* « Auteur très savant, dans les généalogies. » (BOILEAU.) Pierre d'Hozier était mort en 1660 ; Boileau parle ici de son fils Charles-René, mort en 1732. — (121) *T'appelle.* Dangeau, en 1665, fut nommé colonel du régiment du Roi. Il était déjà gouverneur de Touraine, aide de camp, conseiller d'Etat, etc... — (126) Ce compliment sera développé d'une façon spirituelle dans le Discours de la Mollesse à la Nuit (*Lutrin,* chant II, 101-139). — (132) *Ton prince.* Boileau avait d'abord écrit : *La France.* . On lui fit remarquer que la France n'avait pas de *sujets,* et il corrigea. Mais on peut très bien défendre la première leçon : *La France a des sujets,* qui signifie : La France *contient, renferme* des sujets...

SATIRE VI

(1660)

(LES EMBARRAS DE PARIS)

Cette Satire n'est qu'un *épisode* de la Satire première Boileau l'en dé-
tacha en 1666 — En traitant des *Embarras de Paris*, Boileau ne brode pas
de variations poétiques sur un thème de fantaisie, tout est précis dans ce
tableau. Et si le poète français a imité HORACE (*Epîtres*, I, 2), JUVÉNAL
(*Sat* III) et MARTIAL (*Epigramme* 57), il a su choisir des détails réels, et qu'un
Parisien du dix-septième siècle devait trouver amusants et savoureux ;
la plupart de ces détails nous frappent encore par leur justesse. En 1660,
Boileau demeurait chez son frère aîné, Jérôme, dans la cour du Palais ; il
était relégué dans une petite chambre, près du grenier.

Résumé. — 1-12 Le poète est réveillé par les cris des chats ; — 13-26 .
à peine le coq a-t-il chanté que tous les bruits de la ville troublent son repos, — 27-70 : énumération de tous les *embarras* de la circulation, —
71-80 . un orage ; — 81-96 les voleurs s'emparent de la ville, dès le soir,
— 96-112 · le poète retiré chez lui va s'endormir · il entend des coups de
pistolet, ou il est obligé de courir au feu, — 133-126 le séjour de Paris
n'est agréable que pour le riche

> Qui frappe l'air, bon Dieu ! de ces lugubres cris?
> Est-ce donc pour veiller qu'on se couche à Paris?
> Et quel fâcheux démon, durant les nuits entières,
> Rassemble ici les chats de toutes les gouttières?
> J'ai beau sauter du lit, plein de trouble et d'effroi,   5
> Je pense qu'avec eux tout l'enfer est chez moi :
> L'un miaule en grondant comme un tigre en furie ;
> L'autre roule sa voix comme un enfant qui crie.
> Ce n'est pas tout encor : les souris et les rats
> Semblent, pour m'éveiller, s'entendre avec les chats,   10
> Plus importuns pour moi, durant la nuit obscure,
> Que jamais en plein jour ne fut l'abbé de Pure.
>   Tout conspire à la fois à troubler mon repos,
> Et je me plains ici du moindre de mes maux :
> Car à peine les coqs, commençant leur ramage,   15
> Auront de cris aigus frappé le voisinage,
> Qu'un affreux serrurier, laborieux Vulcain,
> Qu'éveillera bientôt l'ardente soif du gain,
> Avec un fer maudit, qu'à grand bruit il apprête,
> De cent coups de marteau me va fendre la tête.   20
> J'entends déjà partout les charrettes courir,

(3) *Fâcheux*, importun. — (10) *S'entendre*. Les souris, les rats et les chats
semblent avoir oublié leur inimitié ordinaire, et s'être réconciliés pour éveil-
ler le poète. — (13) *L'abbé de Pure*, « Ennuyeux célèbre. » (BOILEAU.)
Cf *Satire* II, vers 18. — (15) Ce vers et les suivants sont imités de MARTIAL
(*Ep* IX, 57, 59). — (17) *Vulcain* est, dans la mythologie grecque, le dieu
des forgerons. — (20) *Me va fendre*. Cf. note du v. 11 (*Disc. au Roi*).

Les maçons travailler, les boutiques s'ouvrir :
Tandis que dans les airs mille cloches émues
D'un funèbre concert font retentir les nues ;
Et, se mêlant au bruit de la grêle et des vents,   25
Pour honorer les morts font mourir les vivants.
　　Encor je bénirais la bonté souveraine,
Si le ciel à ces maux avait borné ma peine ;
Mais si seul en mon lit je peste avec raison,
C'est encor pis vingt fois en quittant la maison :   30
En quelque endroit que j'aille, il faut fendre la presse
D'un peuple d'importuns qui fourmillent sans cesse.
L'un me heurte d'un ais dont je suis tout froissé ;
Je vois d'un autre coup mon chapeau renversé.
Là, d'un enterrement la funèbre ordonnance   35
D'un pas lugubre et lent vers l'église s'avance ;
Et plus loin des laquais l'un l'autre s'agaçants
Font aboyer les chiens et jurer les passants.
Des paveurs en ce lieu me bouchent le passage ;
Là, je trouve une croix de funeste présage.   40
Et des couvreurs grimpés au toit d'une maison
En font pleuvoir l'ardoise et la tuile à foison.
Là, sur une charrette une poutre branlante
Vient menaçant de loin la foule qu'elle augmente ;
Six chevaux attelés à ce fardeau pesant   45
Ont peine à l'émouvoir sur le pavé glissant.
D'un carrosse en tournant il accroche une roue,
Et du choc le renverse en un grand tas de boue :
Quand un autre à l'instant, s'efforçant de passer,
Dans le même embarras se vient embarrasser.   50
Vingt carrosses bientôt arrivant à la file
Y sont en moins de rien suivis de plus de mille ;
Et, pour surcroît de maux, un sort malencontreux
Conduit en cet endroit un grand troupeau de bœufs ;
Chacun prétend passer ; l'un mugit, l'autre jure.   55
Des mulets en sonnant augmentent le murmure.
Aussitôt cent chevaux dans la foule appelés

---

(23) *Emues*. Le verbe *émouvoir* a souvent au dix-septième siècle le sens de *remuer, tirer*. On retrouvera le mot au v. 46. — (33) *Ais*, poutre. — (36) *S'avance*. Cf. HORACE (*Ep.* II, II. 74) : « *Tristia robustis luctantur funera plaustris.* » — (40) *Une croix*. « On faisait pendre alors du toit de toutes les maisons que l'on couvrait, une croix de lattes pour avertir les passants de s'éloigner. On n'y pend plus maintenant qu'une simple latte. » (BOILEAU) Cf *Lettre à Brossette*, du 5 mai 1709 — (46) *Emouvoir*. Cf. note du v 23. — (47) *En tournant*, correction heureuse (1713) au lieu de *en passant.* — (57) *Cent chevaux dans la foule appelés*. Ce vers est obscur. On ne sait pourquoi, ni par qui ces chevaux sont *appelés* Boileau veut-il désigner par *chevaux* des gardes à cheval, appelés pour rétablir l'ordre? Ce sens, fort douteux, serait en rapport avec *enchaînant les brigades* et *barricades*.

De l'embarras qui croît ferment les défilés,
Et partout, des passants enchaînant les brigades,
Au milieu de la paix font voir les barricades.   60
On n'entend que des cris poussés confusément :
Dieu, pour s'y faire ouïr, tonnerait vainement.
Moi donc, qui dois souvent en certain lieu me rendre,
Le jour déjà baissant, et qui suis las d'attendre,
Ne sachant plus tantôt à quel saint me vouer,   65
Je me mets au hasard de me faire rouer.
Je saute vingt ruisseaux, j'esquive, je me pousse ;
Guénaud sur son cheval en passant m'éclabousse,
Et, n'osant plus paraître en l'état où je suis,
Sans songer où je vais, je me sauve où je puis.   70
   Tandis que dans un coin en grondant je m'essuie,
Souvent, pour m'achever, il survient une pluie :
On dirait que le ciel, qui se fond tout en eau,
Veuille inonder ces lieux d'un déluge nouveau.
Pour traverser la rue, au milieu de l'orage,   75
Un ais sur deux pavés forme un étroit passage ;
Le plus hardi laquais n'y marche qu'en tremblant :
Il faut pourtant passer sur ce pont chancelant ;
Et les nombreux torrents qui tombent des gouttières,
Grossissant les ruisseaux, en ont fait des rivières. 80
J'y passe en trébuchant ; mais, malgré l'embarras
La frayeur de la nuit précipite mes pas.
   Car, sitôt que du soir les ombres pacifiques
D'un double cadenas font fermer les boutiques ;
Que, retiré chez lui, le paisible marchand   85
Va revoir ses billets et compter son argent ;
Que dans le Marché-Neuf tout est calme et tranquille,
Les voleurs à l'instant s'emparent de la ville.
Le bois le plus funeste et le moins fréquenté
Est, au prix de Paris, un lieu de sûreté.   90
Malheur donc à celui qu'une affaire imprévue
Engage un peu trop tard au détour d'une rue !
Bientôt quatre bandits lui serrant les côtés :

(59) *Brigades*, attroupements. — (60) *Barricades*. Ce mot est en corréla-
tion avec *enchaînant*. En 1648, on avait formé des barricades avec des
chaînes. — (66) *Rouer*, se faire écraser contre un mur par les roues d'une
voiture. — (67) *J'esquive*. Ne s'emploie plus au neutre. — (68) *Guénaud*.
« C'était le plus célèbre médecin de Paris, et qui allait toujours à cheval »
(BOILEAU.) Cf. *Sat.* IV, v. 32 Cf. MOLIÈRE. *L'Amour médecin*, où Guénaud est représenté sous le nom de *Macroton*. — (70) Cf. les deux derniers vers du *Discours au Roi*. — (76) Les ruisseaux étaient alors au milieu de la rue ; quand l'eau des orages les avait grossis, on les franchis-
sait au moyen d'une planche posée en travers. — (82) *De la nuit*, que
m'inspire la nuit. — (87) *Marché-Neuf*, dans la Cité, sur le quai, entre le
pont Saint-Michel et le Petit-Pont. — (90) *Au prix de*, en comparaison de.

La bourse !... Il faut se rendre ; ou bien non, résistez,
Afin que votre mort, de tragique mémoire,   95
Des massacres fameux aille grossir l'histoire.
Pour moi, fermant ma porte, et cédant au sommeil,
Tous les jours je me couche avecque le soleil :
Mais en ma chambre à peine ai-je éteint la lumière,
Qu'il ne m'est plus permis de fermer la paupière.   100
Des filous effrontés, d'un coup de pistolet,
Ebranlent ma fenêtre et percent mon volet ;
J'entends crier partout : Au meurtre ! on m'assassine !
Ou : Le feu vient de prendre à la maison voisine !
Tremblant et demi-mort, je me lève à ce bruit,   105
Et souvent sans pourpoint je cours toute la nuit.
Car le feu, dont la flamme en ondes se déploie,
Fait de notre quartier une seconde Troie,
Où maint Grec affamé, maint avide Argien,
Au travers des charbons va piller le Troyen.   110
Enfin sous mille crocs la maison abîmée
Entraîne aussi le feu qui se perd en fumée.
    Je me retire donc, encor pâle d'effroi ;
Mais le jour est venu quand je rentre chez moi.
Je fais pour reposer un effort inutile :   115
Ce n'est qu'à prix d'argent qu'on dort en cette ville.
Il faudrait, dans l'enclos d'un vaste logement,
Avoir loin de la rue un autre appartement.
    Paris est pour un riche un pays de Cocagne :
Sans sortir de la ville, il trouve la campagne :   120
Il peut dans son jardin, tout peuplé d'arbres verts,
Recéler le printemps au milieu des hivers ;
Et, foulant le parfum de ses plantes fleuries,
Aller entretenir ses douces rêveries.
    Mais moi, grâce au destin, qui n'ai ni feu ni lieu, 125
Je me loge où je puis, et comme il plaît à Dieu.

(96) *L'histoire.* « Il y a une histoire intitulée : *Histoire des larrons.* »
(BOILEAU.) — (109) *Grec* et *Argien* sont synonymes. — (110) Souvenir
de VIRGILE. *Enéide*, livre II. — (119) *Cocagne.* Etymologie inconnue.
Se dit d'un pays où l'on a tout en abondance et sans travail. — (125)
Grâce est ironique.

SATIRE VII

(1663)

(SUR LE GENRE SATIRIQUE)

Boileau a imité Horace, qui, dans la première satire de son livre II, s'excuse avec malice de son penchant irrésistible à la Satire, rit des dangers et des ennemis que lui attire son audace, et se couvre de l'exemple de Lucilius. Ici encore on peut constater quelle est chez Boileau l'*originalité de l'imitation* : à Horace, il n'emprunte que le *thème*, et quelques *mouvements* de style ; tout est renouvelé, tout semble directement inspiré par le dix-septième siècle, tous les détails sont d'une savoureuse et piquante actualité. Il sera aisé de faire des rapprochements avec le *Discours au Roi*, la *Satire* II et la *Satire* IX.

Résumé. — 1-24 · Boileau, s'adressant à sa Muse (dans la *Satire* IX il parle à son *Esprit*), lui demande d'abandonner la satire, genre dangereux et ingrat ; mieux vaut louer que critiquer, — 25-32 mais, sitôt qu'il veut louer, « sa veine est aux abois » ; — 33-48 faut-il railler, sa poésie coule de source, et il s'applaudit , — 48-68 aussi a-t-il beau se faire la leçon, il se sent dans son élément ; — 69-97 : d'ailleurs, Lucile, Horace, Juvénal, pour avoir écrit des satires, ont-ils « fait une tragique fin » ? Il continuera donc, sans « résister au torrent qui l'entraîne ».

Muse, changeons de style, et quittons la satire ;
C'est un méchant métier que celui de médire ;
A l'auteur qui l'embrasse il est toujours fatal :
Le mal qu'on dit d'autrui ne produit que du mal.
Maint poète, aveuglé d'une telle manie,   5
En courant à l'honneur, trouve l'ignominie ;
Et tel mot, pour avoir réjoui le lecteur,
A coûté bien souvent des larmes à l'auteur.
Un éloge ennuyeux, un froid panégyrique,
Peut pourrir à son aise au fond d'une boutique,   10
Ne craint point du public les jugements divers,
Et n'a pour ennemis que la poudre et les vers :
Mais un auteur malin, qui rit et qui fait rire,
Qu'on blâme en le lisant, et pourtant qu'on veut lire,
Dans ses plaisants accès qui se croit tout permis,   15
De ses propres rieurs se fait des ennemis.
Un discours trop sincère aisément nous outrage ;
Chacun dans ce miroir pense voir son visage ;
Et tel, en vous lisant, admire chaque trait,
Qui dans le fond de l'âme et vous craint et vous hait.   20

(5) *D'une. De* remplace fréquemment au dix-septième siècle une autre préposition ; ici nous mettrions *par* Cf. note du v. 109 (*Disc. au Roi*) ; — *manie.* Cf. le v. 13 (*Disc. au Roi*). — (8) Allusion aux vengeances que certains grands seigneurs ont tirées des poètes qui leur déplaisaient. (Cf. ROSTAND, *Cyrano de Bergerac*, acte V.) — (12) *Poudre,* poussière. — (17) *Discours,* langage — (20) *Hait* Cf HORACE (*Sat* II, 1, 23) : « *Cum sibi quisque*

Muse, c'est donc en vain que la main vous démange :
S'il faut rimer ici, rimons quelque louange ;
Et cherchons un héros, parmi cet univers,
Digne de notre encens et digne de nos vers.
Mais à ce grand effort en vain je vous anime :   25
Je ne puis pour louer rencontrer une rime ;
Dès que j'y veux rêver, ma veine est aux abois.
J'ai beau frotter mon front, j'ai beau mordre mes doigts,
Je ne puis arracher du creux de ma cervelle
Que des vers plus forcés que ceux de *la Pucelle*.   30
Je pense être à la gêne ; et, pour un tel dessein,
La plume et le papier résistent à ma main.
Mais, quand il faut railler, j'ai ce que je souhaite.
Alors, certes, alors je me connais poète :
Phébus, dès que je parle, est prêt à m'exaucer ;   35
Mes mots viennent sans peine, et courent se placer.
Faut-il peindre un fripon fameux dans cette ville ?
Ma main, sans que j'y rêve, écrira Raumaville.
Faut-il d'un sot parfait montrer l'original ?
Ma plume au bout du vers d'abord trouve Sofal :   40
Je sens que mon esprit travaille de génie.
Faut-il d'un froid rimeur dépeindre la manie ?
Mes vers, comme un torrent, coulent sur le papier ;
Je rencontre à la fois Perrin et Pelletier,
Bonnecorse, Pradon, Colletet, Titreville ;   45
Et, pour un que je veux, j'en trouve plus de mille,
Aussitôt je triomphe ; et ma muse en secret
S'estime et s'applaudit du beau coup qu'elle a fait.
C'est en vain qu'au milieu de ma fureur extrême

timet, quanquam est intactus, et odit » (Quand chacun a des craintes pour
soi-même, bien qu'il n'ait pas été touché, et vous hait). — (23) *Parmi*,
ne s'emploie plus qu'avec le pluriel ; on le trouve souvent au dix-septième
siècle avec un nom au singulier — (27) *Rêver*. Cf. note v. 15 (*Sat.* II).—(30)
La Pucelle, Cf. *Sat.* III, 179 — (31) *Gêne* Cf. note du v. 57 (*Disc. au
Roi*) — (34) *Connais*. Reconnais — (35) *Phébus*, ou Apollon, dieu de la
poésie chez les Grecs (cf *Art Poétique*, I, 6). — (38) *Raumaville* Pour An-
toine de *Sommaville*, libraire — (40) *Sofal*, pour *Sauval*, av cat auteur
d'un ouvrage sur les *Antiquités de Paris* (1721), que Boileau n'a pu connaître. — (41) *Génie*. Cf. note du v 14 (*Disc. au Roi*). —(42) *M nie*. Cf.
note du v. 13 (*Disc. au Roi*) — (44) *Perrin* L'abbé Perrin (+ 1680) avait
publié une traduction en vers de l'*Enéide* (1648-1658), et trois volumes de
Poésies (1661). Il obtint en 1669 un *privilège* qui lui permit de fonder *l'Académie royale de musique* (*Opéra*), et il y fit représenter la *Pastorale* et *Po-
mone*, dont Lulli avait écrit la musique. En 1672, il laissa son privilège à
Lulli ; — *Pelletier*, cf *Discours au Roi*, v. 54. — (45) *Bonnecorse* (+ 1701)
avait publié la *Montre d'amour*. Il donna une parodie du *Lutrin*, le *Lutri-
got* , — *Pradon* cf. *Satire* IX, v. 97 ; — *Colletet*. Cf. *Sat.* I, v. 77 ; — *Titreville*. « Poète décrié. » (BOILEAU) On n'en sait pas davantage sur cet auteur obscur.

3*

Je me fais quelquefois des leçons à moi-même ;   50
En vain je veux au moins faire grâce à quelqu'un :
Ma plume aurait regret d'en épargner aucun ;
Et, sitôt qu'une fois la verve me domine,
Tout ce qui s'offre à moi passe par l'étamine.
Le mérite pourtant m'est toujours précieux :   55
Mais tout fat me déplaît, et me blesse les yeux ;
Je le poursuis partout, comme un chien fait sa proie,
Et ne le sens jamais qu'aussitôt je n'aboie.
Enfin, sans perdre temps en de si vains propos,
Je sais coudre une rime au bout de quelques mots :   60
Souvent j'habille en vers une maligne prose :
C'est par là que je vaux, si je vaux quelque chose.
Ainsi, soit que bientôt, par une dure loi,
La mort d'un vol affreux vienne fondre sur moi,
Soit que le ciel me garde un cours long et tranquille,   65
A Rome ou dans Paris, aux champs ou dans la ville,
Dût ma muse par là choquer tout l'univers,
Riche, gueux, triste ou gai, je veux faire des vers.
    Pauvre esprit, dira-t-on, que je plains ta folie !
Modère ces bouillons de ta mélancolie ;   70
Et garde qu'un de ceux que tu penses blâmer
N'éteigne dans ton sang cette ardeur de rimer.
    Eh quoi ! lorsqu'autrefois Horace, après Lucile,
Exhalait en bons mots les vapeurs de sa bile,
Et, vengeant la vertu par des traits éclatants,   75
Allait ôter le masque aux vices de son temps ;
Ou bien quand Juvénal, de sa mordante plume
Faisant couler des flots de fiel et d'amertume,
Gourmandait en courroux tout le peuple latin,
L'un ou l'autre fit-il une tragique fin?   80
Et que craindre, après tout, d'une fureur si vaine?
Personne ne connaît ni mon nom ni ma veine.
On ne voit point mes vers, à l'envi de Montreuil,
Grossir impunément les feuillets d'un recueil.

(54) *Etamine*, étoffe qui sert à filtrer les liquides. — (56) *Fat.* Cf.
note du v. 34 (*Disc. au Roi.*) — (57) *Fait.* On emploie souvent le verbe
faire au dix-septième siècle, pour éviter la répétition du même verbe.
Cf. CORNEILLE : « ... Elle m'estime autant que Rome vous a *fait.* » (*Horace,*
II. 3.) — (61) *Prose.* Horace a dit de ses Satires qu'elles étaient *Sermoni
propiora,* tout près du style de la conversation. — (69) *Dira-t-on.* Toujours
le même procédé pour la transition. — (71) *Garde,* prends garde. — (73) *Lucile.* Lucilius (149-103 av. J.-C), chevalier romain, ami de Scipion Emilien,
écrivit trente Satires, dont il nous reste quelques courts fragments. (Cf. Ho-
RACE, *Satires* I, X.) — (77) *Juvénal* (42-120 (?) ap. J.-C), contemporain de
Domitien et de Trajan. Cf. *Art poétique,* II, 157. — (83) *Montreuil* (1620-
1691). « Le nom de Montreuil dominait dans tous les fréquents recueils
de poésies choisies qu'on faisait alors. » (BOILEAU.)

A peine quelquefois je me force à les lire,   85
Pour plaire à quelque ami que charme la satire,
Qui me flatte peut-être, et, d'un air imposteur,
Rit tout haut de l'ouvrage, et tout bas de l'auteur.
Enfin c'est mon plaisir ; je me veux satisfaire :
Je ne puis bien parler, et ne saurais me taire ;   90
Et, dès qu'un mot plaisant vient luire à mon esprit,
Je n'ai point de repos qu'il ne soit en écrit :
Je ne résiste point au torrent qui m'entraîne.
    Mais c'est assez parlé : prenons un peu d'haleine :
Ma main, pour cette fois, commence à se lasser.   95
Finissons. Mais demain, Muse, à recommencer.

(85) Boileau, en effet, garda ses Satires manuscrites jusqu'en 1666 ; il en faisait de fréquentes lectures en société, et passait pour lire fort bien. — (88) Allusion à Furetière. « Quand Despréaux lut sa première satire à cet abbé, il s'aperçut qu'à chaque trait Furetière souriait malignement et laissait voir une joie secrète de la nuée d'ennemis qui allait fondre sur l'auteur. Cette perfide approbation fut bien remarquée par Despréaux. » (D'ALEMBERT, *Eloge de Boileau*)

SATIRE VIII

(1667)

A M. M... DOCTEUR DE SORBONNE

(Sur l'Homme.)

Boileau a mis une note au titre : « Cette Satire est tout à fait dans le goût de Perse, et nargue un philosophe chagrin, qui ne peut souffrir les vices des hommes. » Elle est adressée, par ironie, à Claude Morel, docteur de Sorbonne, ennemi des jansénistes, et surnommé *mâchoire d'âne* Peut-être faut-il y voir, selon Brunetière, une thèse toute janséniste « l'homme de la nature et livré à ses instincts se ravale au-dessous de l'animal, de là, nécessité de la grâce »

Resume — 1-18; De tous les animaux, le plus sot c'est l'homme ; et Boileau va le prouver ; — 19-44 : les animaux agissent avec sagesse et logique, l'homme se contredit sans cesse ; — 45-58 : il se croit le maître de tous les animaux ; mais il est lui-même l'esclave des passions ; — 59-79 : de l'avarice ; —80-102 de l'ambition , — 103-146 : l'homme est l'ennemi de l'homme : les procès ; — 147-158 mais les animaux n'ont ni ses vertus ni ses arts ; — 159-200 il n'y a que l'argent qui compte parmi les hommes ; — 201-215 quel besoin, après cela, de perdre son temps en des querelles theologiques , — 217-232 . les poètes sont aussi fous que les docteurs ; exemple, Cotin ; — 233-258 . les superstitions de l'homme , — 259-294 : comment un âne peut juger l'humanité.

De tous les animaux qui s'élèvent dans l'air,
Qui marchent sur la terre, ou nagent dans la mer
De Paris au Pérou, du Japon jusqu'à Rome,
Le plus sot animal, à mon avis, c'est l'homme.
Quoi ! dira-t-on d'abord, un ver, une fourmi,   5
Un insecte rampant qui ne vit qu'à demi,
Un taureau qui rumine, une chèvre qui broute,
Ont l'esprit mieux tourné que n'a l'homme? Oui sans doute.
Ce discours te surprend, docteur, je l'aperçoi.
L'homme de la nature est le chef et le roi :   10
Bois, prés, champs, animaux, tout est pour son usage,
Et lui seul a, dis-tu, la raison en partage.
Il est vrai, de tout temps la raison fut son lot :
Mais de là je conclus que l'homme est le plus sot.

   Ces propos, diras-tu, sont bons dans la satire,   15
Pour égayer d'abord un lecteur qui veut rire :
Mais il faut les prouver. En forme. — J'y consens.
Réponds-moi donc, docteur, et mets-toi sur les bancs.
   Qu'est-ce que la sagesse? une égalité d'âme
Que rien ne peut troubler, qu'aucun désir n'enflamme,   20

(9) *Je l'aperçoi.* Il était permis de conserver en poésie l'ancienne forme de la 1ʳᵉ personne du singulier de l'indicatif, sans *s je voi* ; cette orthographe est d'ailleurs conforme à l'étymologie latine. — (17) *Forme,* terme de droit.

Qui marche en ses conseils à pas plus mesurés
Qu'un doyen au palais ne monte les degrés.
Or cette égalité dont se forme le sage,
Qui jamais moins que l'homme en a connu l'usage?
La fourmi tous les ans traversant les guérets   25
Grossit ses magasins des trésors de Cérès ; .
Et dès que l'aquilon, ramenant la froidure,
Vient de ses noirs frimas attrister la nature,
Cet animal, tapi dans son obscurité,
Jouit l'hiver des biens conquis durant l'été.   30
Mais on ne la voit point, d'une humeur inconstante,
Paresseuse au printemps, en hiver diligente,
Affronter en plein champ les fureurs de janvier,
Ou demeurer oisive au retour du Bélier.
Mais l'homme, sans arrêt dans sa course insensée, .   35
Voltige incessamment de pensée en pensée :
Son cœur, toujours flottant entre mille embarras,
Ne sait ni ce qu'il veut, ni ce qu'il ne veut pas.
...Voilà l'homme en effet. Il va du blanc au noir ;
Il condamne au matin ses sentiments du soir :   40
Importun à tout autre, à soi-même incommode,
Il change à tous moments d'esprit comme de mode :
Il tourne au moindre vent, il tombe au moindre choc,
Aujourd'hui dans un casque, et demain dans un froc.

Cependant à le voir plein de vapeurs légères,   45
Soi-même se bercer de ses propres chimères,
Lui seul de la nature est la base et l'appui,
Et le dixième ciel ne tourne que pour lui.
De tous les animaux il est, dit-il, le maître.
— Qui pourrait le nier? poursuis-tu. — Moi, peut-être. 50
Mais, sans examiner si vers les antres sourds,
L'ours a peur du passant, ou le passant de l'ours ;
Et si, sur un édit des pâtres de Nubie,
Les lions de Barca videraient la Libye ;
Ce maître prétendu qui leur donne des lois,   55
Ce roi des animaux, combien a-t-il de rois !

(22) *Palais*. Le Palais de justice. — (26) *Cérès*, déesse des moissons.
— (34) *Bélier*, le soleil entre dans le signe du Zodiaque appelé *bélier*, au mois
de mars. — (36) *Incessamment*, sans cesse. — (44) *Casque.. froc*. Cf. l'épigramme de Voltaire, qui se termine ainsi : « Il prit, quitta, reprit la cuirasse
et la haire. » — (48) *Dixième ciel*. L'Empyrée Au-dessus des *sept ciels*
des planètes, on plaçait le *huitième ciel*, celui des étoiles fixes ; puis le *neuvième*, ou *premier mobile* , enfin le *dixième*, séjour de Dieu. — (54) *Nubie*.
Partie septentrionale de l'Ethiopie actuelle. — (55) *Barca*, région située à
l'ouest de l'Egypte (Cyrénaïque) ; — *videraient*, terme de droit, en rapport
avec *édit* , — *Libye*. Nom donné par les anciens à toute la région qui s'éten-
dait à l'ouest de l'Egypte jusqu'à la Numidie (Algérie).

L'ambition, l'amour, l'avarice, la haine,
Tiennent comme un forçat son esprit à la chaîne,
  Le sommeil sur ses yeux commence à s'épancher :
« Debout, dit l'avarice, il est temps de marcher.   60
— Hé ! laisse-moi. — Debout ! — Un moment. — Tu ré-
                                    [pliques?
— A peine le soleil fait ouvrir les boutiques.
— N'importe, lève-toi. — Pour quoi faire après tout?
— Pour courir l'Océan de l'un à l'autre bout,
Chercher jusqu'au Japon la porcelaine et l'ambre,   65
Rapporter de Goa le poivre et le gingembre.
— Mais j'ai des biens en foule, et je puis m'en passer.
— On n'en peut trop avoir et pour en amasser
Il ne faut épargner ni crime, ni parjure ;
Il faut souffrir la faim, et coucher sur la dure ;   70
Eût-on plus de trésors que n'en perdit Galet,
N'avoir en sa maison ni meubles ni valet ;
Parmi les tas de blé vivre de seigle et d'orge ;
De peur de perdre un liard souffrir qu'on vous égorge.
— Et pourquoi cette épargne enfin? — L'ignores-tu?   75
Afin qu'un héritier, bien nourri, bien vêtu,
Profitant d'un trésor en tes mains inutile,
De son train quelque jour embarrasse la ville.
— Que faire? il faut partir : les matelots sont prêts. »
  Ou, si pour l'entraîner l'argent manque d'attraits,   80
Bientôt l'ambition et toute son escorte
Dans le sein du repos vient le prendre à main forte,
L'envoie en furieux, au milieu des hasards,
Se faire estropier sur les pas des Césars ;
Et cherchant sur la brèche une mort indiscrète,   85
De sa folle valeur embellir la gazette.
  « Tout beau, dira quelqu'un, raillez plus à propos ;
Ce vice fut toujours la vertu des héros.
Quoi donc ! à votre avis, fut-ce un fou qu'Alexandre? »
Qui? cet écervelé qui mit l'Asie en cendre?   90
Ce fougueux l'Angély, qui, de sang altéré,
Maître du monde entier s'y trouvait trop serré !
L'enragé qu'il était, né roi d'une province

---

(57) *Avarice.* A souvent alors le sens de *cupidité*. — (60) Tout ce dialogue est imité de PERSE (*Sat.* V, v. 132-137). — (66) *Goa.* « Ville des Por-
tugais dans les Indes orientales. » (BOILEAU.)— (71) *Galet* « Fameux joueur
dont il est fait mention dans Régnier. » (BOILEAU.) (RÉGNIER, *Sat.* XV,
112.) — (74) Allusion à l'assassinat du lieutenant Tardieu et de sa femme
(cf. BOILEAU, *Satire* X). — (85) *Indiscrète.* Ce mot signifie, au dix-septième
siècle : qui manque d'à propos, ou de discernement. Cf. *Sat.* II, 33 — (86)
La Gazette, journal fondé par T. Renaudot en 1631. — (91) *L'Angély.* Cf.
Satire, I, v. 112.

Qu'il pouvait gouverner en bon et sage prince,
S'en alla follement, et pensant être dieu,   95
Courir comme un bandit qui n'a ni feu ni lieu ;
Et, traînant avec soi les horreurs de la guerre,
De sa vaste folie emplir toute la terre :
Heureux, si de son temps, pour cent bonnes raisons,
La Macédoine eût eu des Petites-Maisons,   100
Et qu'un sage tuteur l'eût en cette demeure,
Par avis de parents, enfermé de bonne heure !
   Mais, sans nous égarer dans ces digressions,
Traiter, comme Senaut, toutes les passions ;
Et, les distribuant, par classes et par titres,   105
Dogmatiser en vers, et rimer par chapitres,
Laissons-en discourir La Chambre et Coeffeteau,
Et voyons l'homme enfin par l'endroit le plus beau.
   Lui seul, vivant, dit-on, dans l'enceinte des villes,
Fait voir d'honnêtes mœurs, des coutumes civiles,   110
Se fait des gouverneurs, des magistrats, des rois,
Observe une police, obéit à des lois.
   Il est vrai. Mais pourtant sans lois et sans police,
Sans craindre archers, prévôt, ni suppôt de justice,
Voit-on les loups brigands, comme nous inhumains,   115
Pour détrousser les loups courir les grands chemins?
Jamais, pour s'agrandir, voit-on dans sa manie
Un tigre en factions partager l'Hyrcanie?
L'ours a-t-il dans les bois la guerre avec les ours?
Le vautour dans les airs fond-il sur les vautours?   120
A-t-on vu quelquefois dans les plaines d'Afrique,
Déchirant à l'envi leur propre république,
« Lions contre lions, parents contre parents,
« Combattre follement pour le choix des tyrans? »

(95) *Pensant être dieu.* Alexandre se disait fils de Jupiter. — (100) *Petites-Maisons.* Cf. *Sat.* IV, 4. — (102) *Avis de parents.* Boileau, fils de greffier, emploie ici une expression juridique ; il s'agit d'un acte relatif aux affaires d'un mineur, pour exécuter la volonté des parents formant le conseil de famille. — (104) *Senaut.* Le Père Senaut (1599-1672), supérieur général de l'Oratoire, fut un des réformateurs de la prédication, et écrivit un *Traité des Passions* (1641).— (107) *La Chambre.* Marin Cureau de La Chambre (1594-1670), médecin ordinaire du roi, publia, de 1640 à 1645 : *Les Caractères des Passions.* Il fut de l'Académie française ; — *Coeffeteau* (1574-1623), auteur du *Tableau des Passions humaines* (1620). On lui doit aussi une *Histoire romaine.* Sa langue, très pure, fit autorité pour Vaugelas et pour l'Académie. — (112) *Police* a souvent un sens plus étendu que de nos jours, et signifie : administration d'une ville. — (113) *Suppôt* (latin *suppositus*, placé sous, subordonné), se disait des employés subalternes. — (115) *Comme nous inhumains.* Comme on nous voit inhumains. — (117) *Manie.* Cf. note du v. 13 (*Disc. au Roi*). — (118) *Hyrcanie.* « Province de Perse sur les bords de la mer Caspienne. » (BOILEAU.) — (124) Parodie de ces deux vers

L'animal le plus fier qu'enfante la nature,   125
Dans un autre animal respecte sa figure,
De sa rage avec lui modère les accès,
Vit sans bruit, sans débats, sans noise, sans procès ;
Un aigle, sur un champ prétendant droit d'aubaine,
Ne fait point appeler un aigle à la huitaine ;   130
Jamais contre un renard chicanant un poulet
Un renard de son sac n'alla charger Rolet ;
On ne connaît chez eux ni placets ni requêtes.
Ni haut, ni bas conseil, ni chambre des enquêtes.
Chacun l'un avec l'autre, en toute sûreté,   135
Vit sous les pures lois de la simple équité.
L'homme seul, l'homme seul, en sa fureur extrême,
Met un brutal honneur à s'égorger soi-même.
C'était peu que sa main, conduite par l'enfer,
Eût pétri le salpêtre, eût aiguisé le fer :   140.
Il fallait que sa rage, à l'univers funeste,
Allât encor de lois embrouiller un Digeste ;
Cherchât pour l'obscurcir des gloses, des docteurs,
Accablât l'équité sous des morceaux d'auteurs,
Et pour comble de maux apportât dans la France   145
Des harangueurs du temps l'ennuyeuse éloquence.
    Doucement ! diras-tu, que sert de s'emporter?
L'homme a ses passions, on n'en saurait douter ;
Il a comme la mer ses flots et ses caprices :
Mais ses moindres vertus balancent tous ses vices.   150
N'est-ce pas. l'homme enfin dont l'art audacieux
Dans le tour d'un compas a mesuré les cieux?
Dont la vaste science, embrassant toutes choses,
A fouillé la nature, en a percé les causes?
Les animaux ont-ils des universités?   155
Voit-on fleurir chez eux les quatre facultés?

de CORNEILLE (*Cinna*, I, 3) : « Romains contre Romains, parents contre parents, Combattre seulement pour le choix des tyrans. » — (129) *Aubaine.*
« C'est un droit qu'a le Roi de succéder aux biens des étrangers qui meurent
en France, et qui n'y sont point naturalisés » (BOILEAU.) — (130) *A la
huitaine*, dans un délai de huit jours — (132) *Sac.* On mettait alors les
pièces du procès dans des sacs (Cf. La première scène des *Plaideurs* de
RACINE) ; — *Rolet*, cf. *Satire* I, 52. — (133) *Placet*, signifie ici pétition Cf.
Sat. I 99. — (134) *Haut, bas conseil.* Le haut conseil était présidé par le
Roi, et traitait, comme notre conseil des ministres, des affaires de l'Etat ;
le bas conseil, présidé par le garde des sceaux, examinait les affaires des
particuliers. — *Chambre des enquêtes* Tribunal où l'on jugeait les procès
d'après les témoignages écrits. — (138) *S'égorger soi-même*, est équivoque ;
il faut entendre que *l'homme met son honneur à égorger l'homme.* — (142) *Digeste* (du latin *digerere*, mettre en ordre), collection des anciens jurisconsultes
romains, formée par ordre de l'empereur Justinien en 533. — (143) *Gloses*,
commentaires. — (156) *Les Quatre Facultés* Cf. *Sat.* III, 152.

Y voit-on des savants en droit, en médecine,
Endosser l'écarlate et se fourrer d'hermine?
   Non, sans doute ; et jamais chez eux un médecin
N'empoisonna les bois de son art assassin.   160
Jamais docteur armé d'un argument frivole
Ne s'enroua chez eux sur les bancs d'une école.
Mais, sans chercher au fond si notre esprit déçu
Sait rien de ce qu'il sait, s'il a jamais rien su,
Toi-même réponds-moi : Dans le siècle où nous sommes 165
Est-ce au pied du savoir qu'on mesure les hommes?
« Veux-tu voir tous les grands à ta porte courir?
Dit un père à son fils dont le poil va fleurir ;
Prends-moi le bon parti : laisse là tous les livres.
Cent francs au denier cinq combien font-ils? — Vingt »
                                         [livres   170
— C'est bien dit. Va, tu sais tout ce qu'il faut savoir.
Que de biens, que d'honneurs sur toi s'en vont pleuvoir !
Exerce-toi, mon fils, dans ces hautes sciences ;
Prends, au lieu d'un Platon, le *Guidon des finances* ;
Sache quelle province enrichit les traitants ;   175
Combien le sel au Roi peut fournir tous les ans.
Endurcis-toi le cœur, sois arabe, corsaire,
Injuste, violent, sans foi, double, faussaire.
Ne va point sottement faire le généreux :
Engraisse-toi, mon fils, du suc des malheureux ;   180
Et, trompant de Colbert la prudence importune,
Va par tes cruautés mériter la fortune.
Aussitôt tu verras poètes, orateurs,
Rhéteurs, grammairiens, astronomes, docteurs,
Dégrader les héros pour te mettre en leurs places,   185
De tes titres pompeux enfler leurs dédicaces,
Te prouver à toi-même, en grec hébreu, latin,

(160) Ces rimes reviennent fréquemment chez Boileau, qui partageait les préjugés de Molière contre les médecins Il était cependant l'ami intime de Félix, chirurgien du Roi. — (166) *Au pied* Le *pied* était alors une mesure de longueur. — (170) *Au denier cinq.* Dans ces expressions *denier* est l'équivalent d'*intérêt*, et le chiffre qui suit exprime le *pourcentage*. Ainsi, prêter au *denier cinq*, c'est exiger comme intérêt le cinquième du capital, soit 20 p. 100. On ne devait exiger légalement que le *denier vingt*, soit 5 p. 100. — (174) *Guidon...* « Livre qui traite des finances. » (BOILEAU) On dirait aujourd'hui : le *Guide des financiers.* — (175) *Traitants.* Gens d'affaires qui, selon un *traité* passé avec l'Etat, se chargeaient de recouvrer les impôts. On les appelait officiellement *fermiers généraux.* — (176) *Le sel.* L'impôt sur le sel, ou *gabelle* De là le nom populaire de *gabelou*, donné encore aux employés de l'octroi. — (181) *Colbert*, en succédant à Fouquet, en 1662, mit de l'ordre dans les finances de l'Etat. — (186) *Dédicaces.* Les gens de lettres, qui tiraient fort peu d'argent de la vente de leurs ouvrages, les dédiaient à de riches protecteurs. Cf la dédicace de *Cinna* à M. de Montoron.

Que tu sais de leur art et le fort et le fin.
Quiconque est riche est tout : sans sagesse il est sage ;
Il a, sans rien savoir, la science en partage ;   190
Il a l'esprit, le cœur, le mérite, le rang,
La vertu, la valeur, la dignité, le sang ;
Il est aimé des grands, il est chéri des belles :
Jamais surintendant ne trouva de cruelles.
L'or même à la laideur donne un teint de beauté :   195
Mais tout devient affreux avec la pauvreté. »
    C'est ainsi qu'à son fils un usurier habile
Trace vers la richesse une route facile :
Et souvent tel y vient, qui sait, pour tout secret,
Cinq et quatre font neuf, ôtez deux, reste sept.   200
    Après cela, docteur, va pâlir sur la Bible,
Va marquer les écueils de cette mer terrible ;
Perce la sainte horreur de ce livre divin ;
Confonds dans un ouvrage et Luther et Calvin,
Débrouille des vieux temps les querelles célèbres ;   205
Eclaircis des rabbins les savantes ténèbres :
Afin qu'en ta vieillesse un livre en maroquin
Aille offrir ton travail à quelque heureux faquin,
Qui, pour digne loyer de la Bible éclaircie,
Te paye en l'acceptant d'un « Je vous remercie ».   210
Ou, si ton cœur aspire à des honneurs plus grands,
Quitte là le bonnet, la Sorbonne, et les bancs ;
Et, prenant désormais un emploi salutaire,
Mets-toi chez un banquier, ou bien chez un notaire :
Laisse-là saint Thomas s'accorder avec Scot ;   215
Et conclus avec moi qu'un docteur n'est qu'un sot.
    Un docteur ! diras-tu. Parlez de vous, poète,
C'est pousser un peu loin votre muse indiscrète.
Mais, sans perdre en discours le temps hors de saison,
L'homme, venez au fait, n'a-t-il pas la raison ?   220
N'est-ce pas son flambeau, son pilote fidèle ?
    Oui. Mais de quoi lui sert que sa voix le rappelle,

(195) *La laideur*. Boileau avait d'abord mis Pellisson, qui était célèbre par
sa laideur ; mais Pellisson était si estimé de tous que le satirique n'osa pas
risquer ce trait plus maladroit que malin. — (206) *Rabbins*. Docteurs de la
théolpgie juive. — (208) *Faquin* Cf. note du v. 46 (*Sat.* I). — (209) *Loyer*.
Récompense. — (212) *Bonnet*. Les docteurs de Sorbonne portaient le bonnet.
— (215) *Saint Thomas*. Saint Thomas d'Aquin (1227-1274) appartenait à
l'ordre des Dominicains et fut disciple d'Albert le Grand ; son principal
ouvrage est la *Somme de théologie* (*Summa theologiæ*. Summa = résumé).
— *Scot*. Jean Duns Scot (1274-1308) était franciscain et enseigna longtemps à Oxford. On le surnomma le *Docteur subtil* Il combattit les doc-
trines de saint Thomas sur la prédestination et sur la grâce. — (218) *Indiscrète*. Cf. note sur v. 85 (VIII).

Si, sur la foi des vents tout prêt à s'embarquer,
Il ne voit point d'écueil qu'il ne l'aille choquer?
Et que sert à Cotin la raison qui lui crie :   225
N'écris plus, guéris-toi d'une vaine furie,
Si tous ces vains conseils, loin de la réprimer,
Ne font qu'accroître en lui la fureur de rimer?
Tous les jours de ses vers, qu'à grand bruit il récite,
Il met chez lui voisins, parents, amis, en fuite ;   230
Car, lorsque son démon commence à l'agiter,
Tout, jusqu'à sa servante, est prêt à déserter.
Un âne, pour le moins, instruit par la nature,
A l'instinct qui le guide obéit sans murmure,
Ne va point follement de sa bizarre voix   235
Défier aux chansons les oiseaux dans le bois :
Sans avoir la raison, il marche sur sa route.
L'homme seul, qu'elle éclaire, en plein jour ne voit goutte :
Réglé par ses avis, fait tout à contre-temps,
Et dans tout ce qu'il fait n'a ni raison ni sens.   240
Tout lui plaît ou déplaît, tout le choque et l'oblige :
Sans raison il est gai, sans raison il s'afflige :
Son esprit au hasard aime, évite, poursuit,
Défait, refait, augmente, ôte, élève, détruit.
Et voit-on, comme lui, les ours ni les panthères   245
S'effrayer sottement de leurs propres chimères,
Plus de douze attroupés craindre le nombre impair,
Ou croire qu'un corbeau les menace dans l'air?
Jamais l'homme, dis-moi, vit-il la bête folle
Sacrifier à l'homme, adorer son idole,   250
Lui venir, comme au dieu des saisons et des vents,
Demander à genoux la pluie ou le beau temps?
Non, mais cent fois la bête a vu l'homme hypocondre
Adorer le métal que lui-même il fit fondre ;
A vu dans un pays les timides mortels   255
Trembler aux pieds d'un singe assis sur leurs autels ;
Et sur les bords du Nil les peuples imbéciles,
L'encensoir à la main, chercher des crocodiles.
   Mais pourquoi diras-tu, cet exemple odieux?
Que peut servir ici l'Egypte et ses faux dieux?   260
Quoi ! me prouverez-vous par ce discours profane
Que l'homme, qu'un docteur, est au-dessous d'un âne !
Un âne, le jouet de tous les animaux,

---

(225) *Cotin.* « Il avait écrit contre moi et contre Molière : ce qui donna
occasion à Molière de faire les *Femmes savantes*, et d'y tourner Cotin en
ridicule. » (BOILEAU.) Cf. dans les *Femmes savantes* (acte III, sc. 5) : *Trissotin* Ma gloire est établie, en vain tu la déchires. — *Vadius* Oui, oui, je
te renvoie à l'auteur des *Satires*. . — (231) *Démon.* Cf. note du v. 25
(*Sat.* II). — (253) *Hypocondre*, atrabilaire. — (255) *Dans un pays* L'Egypte.

Un stupide animal, sujet a mille maux ;
Dont le nom seul en soi comprend une satire !			265
— Oui, d'un âne : et qu'a-t-il qui nous excite à rire?
Nous nous moquons de lui : mais s'il pouvait un jour,
Docteur, sur nos défauts s'exprimer à son tour ;
Si, pour nous réformer, le ciel prudent et sage
De la parole enfin lui permettait l'usage ;			270
Qu'il pût dire tout haut ce qu'il se dit tout bas ;
Oh ! docteur, entre nous, que ne dirait-il pas?
Et que peut-il penser lorsque dans une rue,
Au milieu de Paris, il promène sa vue ;
Qu'il voit de toutes parts les hommes bigarrés,		275
Les uns gris, les uns noirs, les autres chamarrés?
Que dit-il quand il voit, avec la mort en trousse,
Courir chez un malade un assassin en housse ;
Qu'il trouve de pédants un escadron fourré ;
Suivi par un recteur de bedeaux entouré,			280
Ou qu'il voit la Justice, en grosse compagnie,
Mener tuer un homme avec cérémonie?
Que pense-t-il de nous lorsque sur le midi
Un hasard au palais le conduit un jeudi ;
Lorsqu'il entend de loin, d'une gueule infernale,		285
La chicane en fureur mugir dans la grand'salle?
Que dit-il quand il voit les juges, les huissiers,
Les clercs, les procureurs, les sergents, les greffiers?
Oh ! que si l'âne alors, à bon droit misanthrope,
Pouvait trouver la voix qu'il eut au temps d'Esope,		290
De tous côtés, docteur, voyant les hommes fous,
Qu'il dirait de bon cœur, sans en être jaloux,
Content de ses chardons, et secouant la tête :
Ma foi, non plus que nous, l'homme n'est qu'une bête !

(275) *Bigarré* : qui est de diverses couleurs. — (276) *Chamarré* couvert
d'ornements, de galons, etc. — (277) *En trousse.* En croupe. — (278) *Assassin.* Médecin. Cf. v. 160 ; — *housse.* Couverture de cheval ; c'est la mon-
ture, cheval ou mulet, qui porte la housse, et non le cavalier. — (279)
Fourré, fourré d'hermine (cf RABELAIS, *les Chats fourrés* les juges). —
(284) *Jeudi.* « C'est le jour des grandes audiences » (BOILEAU.) — (288)
Sergents, huissiers. — (294) *Non plus que nous* On dirait : Tout aussi bien
que nous.

DISCOURS SUR LA SATIRE

(1668)

Avec la IXᵉ Satire, publiée dès 1668 à la suite des premières, Boiléau donna ce Discours, que l'on a tort de placer, avec les préfaces postérieures, en tête de la série des satires. Composé en 1668, il contient, à cette date, toute son actualité, et sa place logique est ici

Quand je donnai la première fois mes Satires au public, je m'étais bien préparé au tumulte que l'impression de mon livre a excité sur le Parnasse. Je savais que la nation des poètes, et surtout des mauvais poètes [1], est une nation farouche qui prend feu aisément [2]; et que ces esprits avides de louanges ne digéreraient pas facilement une raillerie, quelque douce qu'elle pût être. Aussi oserai-je dire, à mon avantage, que j'ai regardé avec des yeux assez stoïques les libelles diffamatoires qu'on a publiés contre moi [3]. Quelques calomnies dont on ait voulu me noircir, quelques faux bruits qu'on ait semés de ma personne, j'ai pardonné sans peine ces petites vengeances au déplaisir d'un auteur irrité, qui se voyait attaqué par l'endroit le plus sensible d'un poète, je veux dire par ses ouvrages.

Mais j'avoue que j'ai été un peu surpris du chagrin bizarre de certains lecteurs, qui, au lieu de se divertir d'une querelle du Parnasse, dont ils pouvaient être spectateurs indifférents, ont mieux aimé prendre parti, et s'affliger avec les ridicules, que de se réjouir avec les honnêtes gens. C'est pour les consoler que j'ai composé ma neuvième Satire, où je pense avoir montré assez clairement que, sans blesser l'État ni sa conscience, on peut trouver de méchants vers méchants, et s'ennuyer de plein droit à la lecture d'un sot livre. Mais puisque ces messieurs ont parlé de la liberté que je me suis donnée de nommer, comme d'un attentat inouï et sans exemple, et que des exemples ne se peuvent pas mettre en rimes, il est bon d'en dire ici un mot, pour les instruire d'une chose qu'eux seuls veulent ignorer, et leur faire voir qu'en comparaison de tous mes confrères les satiriques, j'ai été un poète fort retenu.

Et pour commencer par Lucilius [4], inventeur de la satire, quelle liberté, ou plutôt quelle licence ne s'est-il point donnée dans ses ouvrages ? Ce n'était pas seulement des poètes et

---

[1] « Ceci regarde particulièrement Cotin, qui avait publié une satire contre l'auteur. » (BOILEAU.) — [2] Cf HORACE (*Ep.* II, II. 102) « *Genus irritabile vatum.* » — [3] Allusion à la brochure de Cotin : *La Critique désintéressée sur les satires du temps.* — [4] *Lucilius.* Cf *Sat.* VII, 73.

des auteurs qu'il attaquait : c'était des gens de la première
qualité de Rome ; c'était des personnes consulaires. Cependant Scipion et Lélius ne jugèrent pas ce poète, tout déter-
miné rieur qu'il était, indigne de leur amitié ; et vraisembla-
blement dans les occasions ils ne lui refusèrent pas leurs conseils sur ses écrits, non plus qu'à Térence. Ils ne s'avisèrent
point de prendre le parti de Lupus et de Métellus, qu'il avait
joués dans ses satires, et ils ne crurent pas lui donner rien du
leur [1], en lui abandonnant tous les ridicules de la République :

> *Num Lælius, et qui*
> *Duxit ab oppressa meritum Carthagine nomen,*
> *Ingenio offensi aut læso doluere Metello,*
> *Famosisque Lupo cooperto versibus [2]?*

En effet, Lucilius n'épargnait ni petits ni grands : et souvent, des nobles et des patriciens il descendait jusqu'à la lie
du peuple :

> *Primores populi arripuit, populumque tributim [3].*

On me dira que Lucilius vivait dans une république où
ces sortes de libertés peuvent être permises. Voyons donc
Horace, qui vivait sous un empereur, dans les commence-
ments d'une monarchie, où il est bien plus dangereux de
rire qu'en un autre temps. Qui ne nomme-t-il point dans
ses Satires? et Fabius le grand censeur, et Tigellius le fantasque, et Nasidiénus le ridicule, et Nomentanus le débauché, et tout ce qui vient au bout de sa plume. On me
répondra que ce sont des noms supposés. O la belle réponse!
Comme si ceux qu'il attaque n'étaient pas des gens connus
d'ailleurs ; comme si l'on ne savait pas que Fabius était un
chevalier romain, qui avait composé un livre de droit ; que
Tigellius fut en son temps un musicien chéri d'Auguste ; que
Nasidiénus Rufus était un ridicule célèbre dans Rome ; que
Casius Nomentanus était un des plus fameux débauchés de
l'Italie ! Certainement il faut que ceux qui parlent de la sorte
n'aient pas fort lu les anciens, et ne soient pas fort instruits
des affaires de la cour d'Auguste. Horace ne se contente pas
d'appeler les gens par leur nom ; il a si peur qu'on ne les mé-
connaisse, qu'il a soin de rapporter jusqu'à leur surnom,

---

[1] *Lui donner rien du leur* : lui abandonner rien de leur propre dignité.
Ils ne crurent pas devoir se solidariser avec les personnages raillés par
Lucilius. — [2] HORACE, *Satires*, II, I, 65-68 : « Vit-on Lélius, et ce grand
homme à qui Carthage accablée mérita un glorieux surnom, s'offenser des
hardiesses de son génie, ressentir les blessures de Métellus, plaindre
Lupus tout chargé de vers infamants? » (Trad. Patin, Hachette.) — [3] HO-
RACE, *Id.*, v. 69 : « Or, c'était aux premiers du peuple qu'il s'attaquait, au
peuple lui-même en masse » *Id.*

jusqu'au métier qu'ils faisaient, jusqu'aux charges qu'ils avaient exercées. Voyez, par exemple, comme il parle d'Aufidius Luscus, préteur de Fondi :

> *Fundos, Aufidio Lusco prætore libenter*
> *Linquimus, insani ridentes præmia scribæ,*
> *Prætextam et latum clavum* [1], etc.

« Nous abandonnâmes, dit-il, avec joie le bourg de Fondi, dont était préteur un certain Aufidius Luscus ; mais ce ne fut pas sans avoir bien ri de la folie de ce préteur, auparavant commis, qui faisait le sénateur et l'homme de qualité. »

Peut-on désigner un homme plus précisément ; et les circonstances seules ne suffisaient-elles pas pour le faire reconnaître? On me dira peut-être qu'Aufidius était mort, alors ; mais Horace parle là d'un voyage fait depuis peu. Et puis, comment mes censeurs répondront-ils à cet autre passage?

> *Turgidus Alpinus jugulat dum Memnona, dumque*
> *Diffingit Rheni luteum caput, hæc ego ludo* [2].

« Pendant, dit Horace, que ce poète enflé d'Alpinus égorge Memnon dans son poème, et s'embourbe dans la description du Rhin, je me joue en ces Satires. »

Alpinus vivait donc du temps qu'Horace se jouait en ses Satires ; et si Alpinus en cet endroit est un nom supposé, l'auteur du poème de Memnon pouvait-il s'y méconnaître? Horace, dira-t-on, vivait sous le règne du plus poli de tous les empereurs ; mais vivons-nous sous un règne moins poli? et veut-on qu'un prince qui a tant de qualités communes avec Auguste, soit moins dégoûté que lui des méchants livres, et plus rigoureux envers ceux qui les blâment?

Examinons pourtant Perse [3], qui écrivait sous le règne de Néron. Il ne raille pas simplement les ouvrages des poètes de son temps, il attaque les vers de Néron même. Car enfin tout le monde sait, et toute la cour de Néron le savait, que ces quatre vers, *Torva, Mimalloneis*, etc., dont Perse fait une raillerie si amère dans sa première Satire, étaient des vers de Néron [4]. Cependant on ne remarque point que Néron, tout Néron qu'il était, ait fait punir Perse ; et ce tyran, ennemi de la raison, et amoureux, comme on sait, de ses ouvrages, fut assez galant homme pour entendre raillerie sur ses vers, et ne crut pas que l'empereur, en cette occasion, dût prendre les intérêts du poète.

---

[1] HORACE, *Satires*, I, v, 34-36. — [2] HORACE, *Satires*, I, x, 36-37. — [3] *Perse.* Cf. *Art poét.*, II, 155. — [4] Le fait affirmé par Boileau n'est pas admis par Bayle. *Dictionnaire*, au mot PERSE, remarque F.

Pour Juvénal [1], qui florissait sous Trajan, il est un peu plus respectueux envers les grands seigneurs de son siècle. Il se contente de répandre l'amertume de ses satires sur ceux du règne précédent ; mais à l'égard des auteurs, il ne les va point chercher hors de son siècle. A peine est-il entré en matière, que le voilà en mauvaise humeur contre tous les écrivains de son temps. Demandez à Juvénal ce qui l'oblige de prendre la plume. C'est qu'il est las d'entendre et la *Théséide* de Codrus, et l'*Oreste* de celui-ci ,et le *Télèphe* de cet autre, et tous les poètes enfin, comme il dit ailleurs, qui récitaient leurs vers au mois d'août :

Et augusto recitantes mense poetas [2].

Tant il est vrai que le droit de blâmer les auteurs est un droit ancien, passé en coutume parmi tous les satiriques, et souffert dans tous les siècles.

Que s'il faut venir des anciens aux modernes, Régnier [3], qui est presque notre seul poète satirique [4], a été véritablement un peu plus discret que les autres. Cela n'empêche pas néanmoins qu'il ne parle hardiment de Gallet, ce célèbre joueur, qui *assignait ses créanciers sur sept et quatorze*, et du sieur de Provins, *qui avait changé son balandran en manteau court*, et du Cousin, *qui abandonnait sa maison de peur de la réparer*, et de Pierre du Puis, et de plusieurs autres [5].

Que répondront à cela mes censeurs? Pour peu qu'on les presse, ils chasseront de la république des lettres tous les poètes satiriques, comme autant de perturbateurs du repos public. Mais que diront-ils de Virgile, le sage, le discret Virgile, qui, dans une Églogue, où il n'est pas question de satire, tourne d'un seul vers deux poètes de son temps en ridicule?

---

[1] JUVÉNAL. Cf. *Art poét.*, II, 156. — [2] JUVÉNAL, *Satires*, III, v, 9 « Et les poètes récitant leurs vers au mois d'août. » — [3] RÉGNIER. Cf. *Art poétique*. — [4] Boileau non seulement ignore le moyen âge, mais semble ici méconnaître le seizième siècle, où Marot, Ronsard, du Bellay, d'Aubigné, sont bien, chacun en leur genre, des poètes satiriques. — [5] RÉGNIER, *Sat.* XIV ; — *balandran*, manteau de campagne ou de guerre (La Fontaine emploie la forme *balandras*, dans la fable de *Phébus et Borée*, VI, 3). Il est évident que Boileau a mal compris le vers de Régnier sur le sieur de Provins : *A son long balandran change son manteau court*, signifie que de Provins change son manteau court *pour* un balandran. Gidel, dans son édition de Boileau (I, p. 50), prétend le contraire ; mais son long raisonnement nous paraît inintelligible. — *Le Cousin* était un fou de cour, sous Henri IV. — Pierre du Puis était un insensé qui se promenait en ridicule accoutrement. — Il faut avouer que Boileau cite des exemples assez mal choisis, et qui ne prouvent rien

Qui Bavium non odit, amet tua carmina, Mævi [1],

dit un berger satirique dans cette Églogue. Et qu'on ne me dise point que Bavius et Mævius en cet endroit sont des noms supposés : puisque ce serait donner un trop cruel démenti au docte Servius [2], qui assure positivement le contraire. En un mot, qu'ordonneront mes censeurs de Catulle, de Martial, et de tous les poètes de l'antiquité, qui n'en ont pas usé avec plus de discrétion que Virgile? Que penseront-ils de Voiture, qui n'a point fait conscience de rire aux dépens du célèbre Neuf-Germain [3], quoique également recommandable par l'antiquité de sa barbe et par la nouveauté de sa poésie? Le banniront-ils du Parnasse, lui et tous les poètes de l'antiquité, pour établir la sûreté des sots et des ridicules? Si cela est, je me consolerai aisément de mon exil. Il y aura du plaisir à être relégué en si bonne compagnie. Raillerie à part, ces messieurs veulent-ils être plus sages que Scipion et Lélius, plus délicats qu'Auguste, plus cruels que Néron? Mais eux qui sont si rigoureux envers les critiques, d'où vient cette clémence qu'ils affectent pour les méchants auteurs? Je vois bien ce qui les afflige : ils ne veulent pas être détrompés. Il leur fâche d'avoir admiré sérieusement des ouvrages que mes Satires exposent à la risée de tout le monde, et de se voir condamnés à oublier, dans leur vieillesse, ces mêmes vers qu'ils ont autrefois appris par cœur comme des chefs-d'œuvre de l'art [4]. Je les plains sans doute ; mais quel remède? Faudra-t-il, pour s'accommoder à leur goût particulier, renoncer au sens commun [5]? Faudra-t-il applaudir indifféremment à toutes les impertinences qu'un ridicule aura répandues sur le papier? Et au lieu qu'en certains pays on condamnait les méchants poètes à effacer leurs écrits avec la langue, les livres deviendront-ils désormais un asile inviolable, où toutes les sottises auront droit de bourgeoisie, où l'on n'osera toucher sans ' profanation?

J'aurais bien d'autres choses à dire sur ce sujet. Mais comme j'ai déjà traité de cette matière dans ma neuvième Satire, il est bon d'y renvoyer le lecteur.

---

[1] VIRGILE, *Egl.* III, 90 ' « Que celui qui ne déteste pas Bavius, goûte tes vers, ô Mévius. » — [2] *Servius*, grammairien latin, du quatrième siècle de notre ère, nous a laissé un commentaire sur Virgile. —, ' *Neuf-Germain.* Cf. *Satire* IV, v, 72. — [4] Cf. HORACE (*Ep.* III, 1-84) : « ... *Et quae imberbes didicere, senes perdenda fateri* · Et ce qu'ils ont appris dans leur jeunesse, avouer, devenus vieillards, que cela doit être oublié. » — [5] Très importante remarque ; « c'est en un certain sens, observe Brunetière (*Boileau, id.*, Hachette), toute l'esthétique de Boileau. »

SATIRE IX

(1668)

(*A son Esprit.*)

LE LIBRAIRE AU LECTEUR [1]

Voici le dernier ouvrage qui est sorti de la plume du sieur D***. L'auteur, après avoir écrit contre tous les hommes en géneral [2], a cru qu'il ne pouvait mieux finir qu'en écrivant contre lui-même, et que c'était le plus beau champ de satire qu'il pût trouver. Peut-être que ceux qui ne sont pas fort instruits des démêlés du Painasse, et qui n'ont pas beaucoup lu les autres Satires du même auteur, ne verront pas tout l'agrément de celle-ci, qui n'en est, à bien parler, qu'une suite. Mais je ne doute point que les gens de lettres, et ceux surtout qui ont le goût délicat, ne lui donnent le prix comme à celle où il y a le plus d'art, d'invention et de finesse d'esprit. Il y a déjà du temps qu'elle est faite : l'auteur s'était en quelque sorte résolu de ne la jamais publier. Il voulait bien épargner ce chagrin aux auteurs qui s'en pourront choquer. Quelques libelles diffamatoires que l'abbé Kautain [3] et plusieurs autres [4] eussent fait imprimer contre lui, il s'en tenait assez vengé par le mépris que tout le monde a fait de leurs ouvrages, qui n'ont été lus de personne, et que l'impression même n'a pu rendre publics. Mais une copie de cette Satire étant tombée, par une fatalité inévitable, entre les mains des libraires, ils ont réduit l'auteur à recevoir encore la loi d'eux. C'est donc à moi qu'il a confié l'original de sa pièce, et il l'a accompagnée d'un petit discours en prose [5], où il justifie, par l'autorité des poètes anciens et modernes, la liberté qu'il s'est donnée dans ses Satires. Je ne doute donc point que le lecteur ne soit bien aise du présent que je lui en fais.

Résumé. — 1-6 : Boileau s'adresse à son Esprit, auquel il va faire son procès ; — 7-28 : de quel droit fait-il la leçon aux autres ; — 29-36 : s'il veut rimer à tout prix, qu'il chante les exploits du Roi ; — 37-51 : mais, direz-vous, je me sens trop faible pour un tel projet ; — 52-60 : mieux valait cependant échouer en ce genre que d'insulter autrui ; — 61-78 : vous vous flattez d'aller à la postérité? mais combien n'ont eu qu'un succès passager, et sont aujourd'hui méprisés ; — 79-86 : à quoi bon d'ailleurs le succès, si vous vous attirez des ennemis ; — 87-114 : un auteur vous déplaît? laissez-le tranquille, et songez que chacun a le droit d'écrire ce qu'il veut ; — 115-147 : d'ailleurs on parle de vous sur un ton menaçant, et vous soulevez de terribles colères ; cessez donc de critiquer ; — 148-167 : « mais, répondez-vous, mes railleries ne sont pas méchantes ; il y a une autre façon de médire, hypocrite, et que je ne pratique pas ; — 168-192 : tout lecteur, tout spectateur, a le droit de critiquer l'écrivain qui lui soumet son œuvre ; — 193-202 : bien plus, ce sont mes Satires qui ont donné la célébrité à certains auteurs » ; — 203-224 : vous ne devriez pas nommer les écrivains. « mais, du moins, n'ai-je attaqué que leurs œuvres, jamais leur personne ; — 225-242 : et peut-on décrier un bon auteur? ne se défend-il pas par son talent? que Chapelain ne s'en prenne donc qu'à lui ; — 243-266 : la Satire est, dit-on, un métier funeste? vaut-il donc mieux écrire des epopées maladroites, des églogues sans sincérité, de froids madrigaux? — 267-283 : éloge de la Satire ; — 284-306 : eh bien ! changeons de style : louons Qui-

---

(1) Cet avis du *Libraire* est sans doute de Boileau lui-même. — (2) Dans la *Satire* VIII. — (3) *Kautain*, l'abbé Cotin. — (4) *Plusieurs autres*. Par exemple Coras ; bientôt après, Pradon et Boursault. — (5) *Le Discours sur la Satire.*

nault, Pradon, Pelletier... » nos éloges seront encore pris pour des critiques,
et tous les rimeurs blessés vont fondre sur vous ; — 307-322 : « mais Cotin
peut-il nous nuire? » Quoi qu'il en soit, *taisez-vous*.

C'est à vous, mon Esprit, à qui je veux parler.
Vous avez des défauts que je ne puis celer :
Assez et trop longtemps ma lâche complaisance
De vos jeux criminels a nourri l'insolence ;
Mais, puisque vous poussez ma patience à bout,   5
Une fois en ma vie il faut vous dire tout.
On croirait, à vous voir dans vos libres caprices
Discourir en Caton des vertus et des vices,
Décider du mérite et du prix des auteurs,
Et faire impunément la leçon aux docteurs,   10
Qu'étant seul à couvert des traits de la satire,
Vous avez tout pouvoir de parler et d'écrire.
Mais moi, qui dans le fond sais bien ce que j'en crois,
Qui compte tous les jours vos défauts par mes doigts,
Je ris, quand je vous vois si faible et si stérile,   15
Prendre sur vous le soin de réformer la ville,
Dans vos discours chagrins plus aigre et plus mordant
Qu'une femme en furie, ou Gautier en plaidant.
Mais répondez un peu. Quelle verve indiscrète
Sans l'aveu des neuf sœurs vous a rendu poète?   20
Sentiez-vous, dites-moi, ces violents transports
Qui d'un esprit divin font mouvoir les ressorts?
Qui vous a pu souffler une si folle audace?
Phébus a-t-il pour vous aplani le Parnasse?
Et ne savez-vous pas que, sur ce mont sacré,   25
Qui ne vole au sommet tombe au plus bas degré?
Et qu'à moins d'être au rang d'Horace ou de Voiture,
On rampe dans la fange avec l'abbé de Pure?
Que si tous mes efforts ne peuvent réprimer
Cet ascendant malin qui vous force à rimer,   30
Sans perdre en vains discours tout le fruit de vos veilles,
Osez chanter du Roi les augustes merveilles :

(1) *A qui...* On construit aujourd'hui : *C'est à vous que*, ou *c'est vous
à qui.* — (4) *Nourri*, entretenu, fortifié. — (8) *Caton*. Caton l'Ancien,
ou le Censeur (234-149) devenu chez les Romains le type de l'homme
vertueux, austère et franc. — (10) *Docteurs*. Allusion à la Satire précédente,
dédiée ironiquement à Morel, docteur de Sorbonne. — (14) *Par mes doigts*,
sur mes doigts. — (18) *Gautier* « Avocat célèbre et très mordant. » (BOI-
LEAU.) On l'avait surnommé Gautier-la-Gueule. — (20) *Les neuf sœurs*.
Cf. *Disc. au Roi*, 30. — (26) Cf. *Art poétique*, IV, 25-40. — (27) On a
quelque peine à s'expliquer cette singulière estime de Boileau pour Voiture ; mais celui-ci représente le bon goût, la finesse, la justesse de l'expression. Cf. *Sat.* III, 181. — (28) *L'abbé de Pure.* Cf. *Satire* II, 18. —
(30) *Ascendant*, terme d'astrologie ; équivaut à *instinct* et à *fatalité*.

Là, mettant à profit vos caprices divers,
Vous verriez tous les ans fructifier vos vers,
Et par l'espoir du gain votre muse animée   35.
Vendrait au poids de l'or une once de fumée.
Mais en vain, direz-vous, je pense vous tenter
Par l'éclat d'un fardeau trop pesant à porter.
Tout chantre ne peut pas, sur le ton d'un Orphée,
Entonner en grands vers la « Discorde étouffée » ;   40
Peindre « Bellone en feu tonnant de toutes parts »,
« Et le Belge effrayé fuyant sur ses remparts. »
Sur un ton si hardi, sans être téméraire,
Racan pourrait chanter au défaut d'un Homère ;
Mais pour Cotin et moi, qui rimons au hasard,   45
Que l'amour de blâmer fit poètes par art,
Quoiqu'un tas de grimauds vante notre éloquence,
Le plus sûr est pour nous de garder le silence.
Un poème insipide et sottement flatteur
Déshonore à la fois le héros et l'auteur :   50
Enfin de tels projets passent notre faiblesse.
    Ainsi parle un esprit languissant de mollesse,
Qui, sous l'humble dehors d'un respect affecté,
Cache le noir venin de sa malignité.
Mais, dussiez-vous en l'air voir vos ailes fondues,   55
Ne valait-il pas mieux vous perdre dans les nues
Que d'aller sans raison, d'un style peu chrétien,
Faire insulte en rimant à qui ne vous dit rien,
Et du bruit dangereux d'un livre téméraire
A vos propres périls enrichir le libraire ?   60
    Vous vous flattez peut-être, en votre vanité,
D'aller comme un Horace à l'immortalité ;
Et déjà vous croyez dans vos rimes obscures
Aux Saumaises futurs préparer des tortures.
Mais combien d'écrivains, d'abord si bien reçus,   65
Sont de ce fol espoir honteusement déçus !

(41) *Bellone.* Déesse de la guerre (Mythol) — (42) « Cette Satire a
été faite dans le temps que le Roi prit Lille en Flandre, et plusieurs
autres villes. » — (44) *Racan* (1589-1670) a laissé des *Bergeries*, des
Psaumes, des *Odes.* On ne sait pourquoi Boileau lui suppose le talent
épique ; mais il admire en lui le fidèle disciple de Malherbe. — (46) *Par
art*, par industrie, d'une façon artificielle, sans y être poussé par le génie. —
(47) *Grimauds.* Cf. note du v. 90 (*Sat.* IV). — (55) *Ailes...* Souvenir mythologique, d'après HORACE (*Odes*, III, 1). Le poète latin compare l'écrivain
assez audacieux pour imiter Pindare à Icare qui, s'élevant sur des ailes, s'est
trop approché du soleil : la cire avec laquelle il avait fixé ses plumes se fon-
dit, et il fut précipité dans la mer. — (64) *Saumaises.* Saumaise (1588-1658)
était un fameux *commentateur* Il professa à Leyde, et laissa un grand nombre
d'ouvrages d'érudition Ne pas le confondre avec *Somaize*, qui publia en
1660 le *Grand Dictionnaire des Précieuses.*

Combien, pour quelques mois, ont vu fleurir leur livre,
Dont les vers en paquet se vendent à la livre !
Vous pourrez voir, un temps, vos écrits estimés
Courir de main en main par la ville semés ;   70
Puis de là, tout poudreux, ignorés sur la terre,
Suivre chez l'épicier Neuf-Germain et La Serre ;
Ou de trente feuillets réduits peut-être à neuf,
Parer, demi-rongés, les rebords du Pont-Neuf.
Le bel honneur pour vous, en voyant vos ouvrages   75
Occuper le loisir des laquais et des pages,
Et souvent dans un coin renvoyés à l'écart
Servir de second tome aux airs du Savoyard !
    Mais je veux que le sort, par un heureux caprice,
Fasse de vos écrits prospérer la malice,   80
Et qu'enfin votre livre aille, au gré de vos vœux,
Faire siffler Cotin chez nos derniers neveux :
Que vous sert-il qu'un jour l'avenir vous estime,
Si vos vers aujourd'hui vous tiennent lieu de crime,
Et ne produisent rien, pour fruit de leurs bons mots,   85
Que l'effroi du public et la haine des sots?
Quel démon vous irrite et vous porte à médire?
Un livre vous déplaît : qui vous force à le lire?
Laissez mourir un fat dans son obscurité :
Un auteur ne peut-il pourrir en sûreté?   90
Le *Jonas* inconnu sèche dans la poussière ;
Le *David* imprimé n'a point vu la lumière ;
Le *Moïse* commence à moisir par les bords.
Quel mal cela fait-il? Ceux qui sont morts sont morts :
Le tombeau contre vous ne peut-il les défendre?   95
Et qu'ont fait tant d'auteurs, pour remuer leur cendre?
Que vous ont fait Perrin, Bardin, Pradon, Hainaut,

(71) Cf. *Sat* III, 127. — (72) *Neuf-Germain.* Cf. *Satire* IV, 72 , —
La Serre. Cf. *Satire* III, 176. — (74) *Les rebords du Pont-Neuf.* C'est là
que les bouquinistes du temps étalaient les livres de rebut. — (78) *Le
Savoyard.* « Fameux chantre du Pont-Neuf dont on vante encore les chansons. Il se nommait Philipot. » (BOILEAU.) — (79) *Je veux...* Tour souvent
employé par Boileau. pour : *j'admets, je consens à...* — (87) *Démon.* Cf.
note du v. 25 (*Sat.* II). — (89) *Fat.* Cf. note du v. 34 (*Disc. au Roi*). —
(93) *Jonas,* etc... « Poèmes héroïques qui n'ont point été vendus. Ces trois
poèmes avaient été faits, le *Jonas* par Coras (1663), le *David* par Las-
Fargues (1660), et le *Moïse* par Saint-Amant (1653) » (BOILEAU.) — (97)
Perrin. Cf. *Sat.* VII, 44 ; — *Bardin* (1590-1637), de l'Académie française, auteur du *Grand chambellan de France*, de *Pensées morales sur
l'Ecclésiaste*, etc ; — *Pradon.* Cf. *Satire* VII, 45 ; — *Hainaut* pour Hes-
nault (+ 1682), disciple de Gassendi et ami de Molière ; il fut le maître
de philosophie de Mme Deshoulières. On connaît encore de lui quelques
sonnets. Il y avait d'abord ici *Bursaut* (pour Boursault), puis *Perrault.*

Colletet, Pelletier, Titreville, Quinault,
Dont les noms, en cent lieux, placés comme en leurs niches
Vont de vos vers malins remplir les hémistiches?   100
Ce qu'ils font vous ennuie. O le plaisant détour !
Ils ont bien ennuyé le Roi, toute la cour,
Sans que le moindre édit ait, pour punir leur crime,
Retranché les auteurs, ou supprimé la rime.
Ecrive qui voudra : chacun à ce métier   105
Peut perdre impunément de l'encre et du papier.
Un roman, sans blesser les lois ni la coutume,
Peut conduire un héros au dixième volume.
De là vient que Paris voit chez lui de tout temps
Les auteurs à grands flots déborder tous les ans ;   110
Et n'a point de portail où, jusques aux corniches,
Tous les piliers ne soient enveloppés d'affiches.
Vous seul, plus dégoûté, sans pouvoir et sans nom,
Viendrez régler les droits et l'Etat d'Apollon !

   Mais vous, qui raffinez sur les écrits des autres,   115
De quel œil pensez-vous qu'on regarde les vôtres?
Il n'est rien en ce temps à couvert de vos coups ;
Mais savez-vous aussi comme on parle de vous?

   Gardez-vous, dira l'un, de cet esprit critique :
On ne sait bien souvent quelle mouche le pique ;   120
Mais c'est un jeune fou qui se croit tout permis,
Et qui pour un bon mot va perdre vingt amis.
Il ne pardonne pas aux vers de *la Pucelle*,
Et croit régler le monde au gré de sa cervelle :
Jamais dans le barreau trouva-t-il rien de bon?   125
Peut-on si bien prêcher qu'il ne dorme au sermon?
Mais lui, qui fait ici le régent du Parnasse,
N'est qu'un gueux revêtu des dépouilles d'Horace ;
Avant lui Juvénal avait dit en latin
« Qu'on est assis à l'aise aux sermons de Cotin. »   130
L'un et l'autre avant lui s'étaient plaints de la rime,
Et c'est aussi sur eux qu'il rejette son crime :
Il cherche à se couvrir de ces noms glorieux.
J'ai peu lu ces auteurs, mais tout n'irait que mieux,
Quand de ces médisants l'engeance tout entière   135

(98) *Colletet*, cf. *Sat.* I, 77 : — *Pelletier*, *Disc. au Roi*, 54 ; — *Titreville*,
Sat. VII, 45 ; — *Quinault*, *Sat.* II, 20. — (108) *Dixième volume*. C'est le
calibre ordinaire des romans de cette époque. — (120) Cf HORACE (*Sat.* I,
IV, 33) — (123) *La Pucelle*. Cf *Sat.* III, 178. — (127) *Régent*, professeur
de collège. — (128) « Saint-Pavin reprochait à l'auteur qu'il n'était riche
que des dépouilles d'Horace, de Juvénal et de Régnier. » (BOILEAU.)
Cotin disait dans la *Satire des Satires* « Il applique à Paris ce qu'il a lu
de Rome. » Cf. la dispute de Vadius et de Trissotin dans *les Femmes
savantes* (Acte III, sc. 7).

Irait la tête en bas rimer dans la rivière.
    Voilà comme on vous traite : et le monde effrayé
Vous regarde déjà comme un homme noyé.
En vain quelque rieur, prenant votre défense,
Veut faire au moins, de grâce, adoucir la sentence :   140
Rien n'apaise un lecteur toujours tremblant d'effroi,
Qui voit peindre en autrui ce qu'il remarque en soi.
    Vous ferez-vous toujours des affaires nouvelles?
Et faudra-t-il sans cesse essuyer des querelles?
N'entendrai-je qu'auteurs se plaindre et murmurer?   145
Jusqu'à quand vos fureurs doivent-elles durer?
Répondez, mon Esprit ; ce n'est plus raillerie :
Dites... Mais, direz-vous, pourquoi cette furie?
Quoi, pour un maigre auteur que je glose en passant,
Est-ce un crime, après tout, et si noir et si grand?   150
Et qui, voyant un fat s'applaudir d'un ouvrage
Où la droite raison trébuche à chaque page,
Ne s'écrie aussitôt : « L'impertinent auteur !
« L'ennuyeux écrivain ! Le maudit traducteur !
« A quoi bon mettre au jour tous ces discours frivoles,   155
« Et ces riens enfermés dans de grandes paroles? »
    Est-ce donc là médire, ou parler franchement?
Non, non, la médisance y va plus doucement.
Si l'on vient à chercher pour quel secret mystère
Alidor à ses frais bâtit un monastère :   160
« Alidor ! dit un fourbe, il est de mes amis,
« Je l'ai connu laquais avant qu'il fût commis :
« C'est un homme d'honneur, de piété profonde,
« Et qui veut rendre à Dieu ce qu'il a pris au monde. »
    Voilà jouer d'adresse, et médire avec art ;   165
Et c'est avec respect enfoncer le poignard.
Un esprit né sans fard, sans basse complaisance,
Fuit ce ton radouci que prend la médisance.
Mais de blâmer des vers ou durs ou languissants,
De choquer un auteur qui choque le bon sens,   170
De railler d'un plaisant qui ne sait pas nous plaire,
C'est ce que tout lecteur eut toujours droit de faire.
    Tous les jours à la cour un sot de qualité
Peut juger de travers avec impunité ;

---

(136) Ce mot devenu proverbial, était du duc de Montausier. —
(140) *De grâce*, par grâce. — (149) *Glose* gloser signifie d'abord *commen-
ter*, puis *critiquer, railler*. — (151) *Fat*. Cf. note du v. 34 (*Disc. au Roi*).
— (153) *Impertinent*, au sens étymologique : qui fait ce qui ne convient
pas, ce qui est contraire à la raison. — (167) *Né sans fard*, c'est-à-dire
né sans disposition à l'artifice et à la calomnie. — (171) *Railler d'un*...
Dans cette construction, la préposition *de* répond au latin *de*, à sujet de.

A Malherbe, à Racan, préférer Théophile,   175
Et le clinquant du Tasse à tout l'or de Virgile.
     Un clerc, pour quinze sous, sans craindre le holà,
Peut aller au parterre attaquer *Attila* ;
Et, si le roi des Huns ne lui charme l'oreille,
Traiter de visigoths tous les vers de Corneille.   180
     Il n'est valet d'auteur, ni copiste à Paris,
Qui, la balance en main, ne pèse les écrits.
Dès que l'impression fait éclore un poète,
Il est esclave-né de quiconque l'achète :
Il se soumet lui-même aux caprices d'autrui,   185
Et ses écrits tout seuls doivent parler pour lui.
Un auteur à genoux, dans une humble préface,
Au lecteur qu'il ennuie a beau demander grâce ;
Il ne gagnera rien sur ce juge irrité,
Qui lui fait son procès de pleine autorité.   190
     Et je serai le seul qui ne pourrai rien dire !
On sera ridicule, et je n'oserai rire !
Et qu'ont produit mes vers de si pernicieux,
Pour armer contre moi tant d'auteurs furieux?
Loin de les décrier, je les ai fait paraître :   195
Et souvent, sans ces vers qui les ont fait connaître,
Leur talent dans l'oubli demeurerait caché.
Et qui saurait sans moi que Cotin a prêché?
La satire ne sert qu'à rendre un fat illustre :
C'est une ombre au tableau, qui lui donne du lustre.   200
En les blâmant enfin j'ai dit ce que j'en croi ;
Et tel qui m'en reprend en pense autant que moi.
     « Il a tort, » dira l'un ; « pourquoi faut-il qu'il nomme?
« Attaquer Chapelain ! ah ! c'est un si bon homme !
« Balzac en fait l'éloge en cent endroits divers.   205

(175) *Théophile*, cf. *Sat.* III, 172. — (176) *Le clinquant du Tasse* ..
Boileau ne prétend pas ici porter un jugement complet sur Le Tasse, dont
il devait estimer l'œuvre épique et pastorale. Mais il était choqué, on
le verra dans l'*Art poétique*, ch. III, 209, par le « merveilleux chrétien »
de la *Jérusalem délivrée*, et par les épisodes romanesques que goûtaient
surtout ses contemporains ; — *Clinquant* (d'un mot germanique qui signifie
faire du bruit) s'applique aux paillettes et aux ornements fabriqués avec
des feuilles de métal, et s'oppose très bien à *or*. — (177) *Pour quinze sous*.
C'était le prix que l'on payait au parterre, où, d'ailleurs, on se tenait debout ; — *sans craindre le holà*, c'est-à-dire sans craindre qu'on ne l'inter-
pelle pour le faire taire (cf. l'épigramme sur *Attila*, p. 150). — (178) *Attila*,
tragédie de CORNEILLE, jouée en 1667, l'année même où fut composée cette
satire. *Attila* fut représenté au théâtre du Palais-Royal par la troupe de
Molière, tandis que l'Hôtel de Bourgogne donnait l'*Andromaque* de RACINE.
— (199) *Fat.* Cf. note du v. 34 (*Disc. au Roi*). — (210) *Croi.* Cf. note du v. 9.
(*Sat.* VIII). — (204) *Chapelain*. Les premières éditions portaient *Pate-
lain* ; et, selon Louis Racine, Chapelain se plaignait seulement qu'on eût
défiguré son nom. — (205) Balzac a en effet adressé un grand nombre de

« Il est vrai, s'il m'eût cru, qu'il n'eût point fait de vers.
« Il se tue à rimer : que n'écrit-il en prose ? »
Voilà ce que l'on dit. Et que dis-je autre chose ?
En blâmant ses écrits, ai-je d'un style affreux
Distillé sur sa vie un venin dangereux ?   210
Ma muse, en l'attaquant, charitable et discrète,
Sait de l'homme d'honneur distinguer le poète.
Qu'on vante en lui la foi, l'honneur, la probité ;
Qu'on prise sa candeur et sa civilité ;
Qu'il soit doux, complaisant, officieux, sincère :   215
On le veut, j'y souscris, et suis prêt de me taire.
Mais que pour un modèle on montre ses écrits ;
Qu'il soit le mieux renté de tous les beaux esprits ;
Comme roi des auteurs qu'on l'élève à l'empire :
Ma bile alors s'échauffe, et je brûle d'écrire,   220
Et, s'il ne m'est permis de le dire au papier,
J'irai creuser la terre, et, comme ce barbier,
Faire dire aux roseaux par un nouvel organe :
« Midas, le roi Midas a des oreilles d'âne. »
Quel tort lui fais-je enfin ? Ai-je par un écrit   225
Pétrifié sa veine et glacé son esprit ?
Quand un livre au Palais se vend et se débite,
Que chacun par ses yeux juge de son mérite,
Que Bilaine l'étale au deuxième pilier,
Le dégoût d'un censeur peut-il le décrier ?   230
En vain contre *le Cid* un ministre se ligue :
Tout Paris pour Chimène a les yeux de Rodrigue.
L'Académie en corps a beau le·censurer :
Le public révolté s'obstine à l'admirer.

lettres à Chapelain ; et Balzac était fort estimé à la fois comme écrivain et
comme « honnête homme ». — (215) Cf. MOLIÈRE, *Misanthrope*, IV, 1 ; —
officieux, qui aime à rendre service. — (218) *Le mieux renté*. « Chapelain
avait de divers endroits huit mille livres de pension » (BOILEAU.) Ajoutons qu'il *tenait la feuille* des pensions royales ; Chapelain était donc à
cette époque une *puissance*, et Boileau prouvait à la fois son indé-
pendance et son désintéressement en le harcelant dans ses Satires. —
(224) Ce mouvement et cette allusion mythologique sont imités de PERSE
(*Sat.* I, v 119). — Midas, roi de Phrygie, appelé comme arbitre entre Apollon et Pan, avait décerné le prix de chant à ce dernier. Pour le punir, Apollon lui avait fait pousser des oreilles d'âne, qu'il dissimulait de son mieux
sous sa mitre. Mais son barbier s'en aperçut et, ne pouvant s'en taire, il
creusa un trou dans le sol et y raconta son secret ; à cet endroit poussèrent
des roseaux qui agités par le vent révélèrent à tous le secret du barbier.
(Cf. OVIDE, *Métamorphoses*, XI, 182.) — (227) *Palais*. Le Palais de Justice,
sous les galeries duquel se trouvaient les boutiques des plus célèbres libraires. Cf. *Lutrin*, ch. V, 105-108. — (229) *Bilaine*, un des libraires du Palais,
éditeur de Cotin. — (234) Allusion à la fameuse *Querelle du Cid* Chapelain avait été le principal rédacteur des *Sentiments de l'Académie*.

Mais lorsque Chapelain met une œuvre en lumière,   235
Chaque lecteur d'abord lui devient un Linière.
En vain il a reçu l'encens de mille auteurs :
Son livre en paraissant dément tous ses flatteurs.
Ainsi, sans m'accuser, quand tout Paris le joue,
Qu'il s'en prenne à ses vers que Phébus désavoue ;   240
Qu'il s'en prenne à sa muse allemande en françois.
Mais laissons Chapelain pour la dernière fois.

    La satire, dit-on, est un métier funeste,
Qui plaît à quelques gens, et choque tout le reste.
La suite en est à craindre : en ce hardi métier   245
La peur plus d'une fois fit repentir Régnier.
Quittez ces vains plaisirs dont l'appât vous abuse :
A de plus doux emplois occupez votre muse ;
Et laissez à Feuillet réformer l'univers.

    Et sur quoi donc faut-il que s'exercent mes vers?   250
Irai-je dans une ode, en phrases de Malherbe,
« Troubler dans ses roseaux le Danube superbe ;
« Délivrer de Sion le peuple gémissant ;
« Faire trembler Memphis, ou pâlir le croissant ;
« Et, passant du Jourdain les ondes alarmées,   255
« Cueillir » mal à propos « les palmes idumées »?
Viendrai-je, en une églogue, entouré de troupeaux,
Au milieu de Paris enfler mes chalumeaux,
Et, dans mon cabinet assis au pied des hêtres,
Faire dire aux échos des sottises champêtres?   260
Faudra-t-il de sens froid, et sans être amoureux,
Pour quelque Iris en l'air faire le langoureux ;
Lui prodiguer les noms de Soleil et d'Aurore,
Et, toujours bien mangeant, mourir par métaphore?
Je laisse aux doucereux ce langage affété,   265
Où s'endort un esprit de mollesse hébété.

---

(236) *Linière*, poète ou plutôt chansonnier (1628-1704), qui avait composé
une épigramme contre *la Pucelle*. — (241) *Allemande*, c'est-à-dire pesante et
indigeste. Il faut avouer qu'au dix-septieme siècle, l'Allemagne n'avait encore aucune *littérature* —(242) A propos des rimes *françois* et *fois*, cf. *Sat.* III,
184. — (249) *Feuillet.* « Fameux prédicateur, fut outré dans ses prédications »
(BOILEAU.) Il fut appelé en 1670, auprès d'Henriette d'Angleterre mou-
rante, et il n'avait trouvé pour elle que des paroles sévères, quand Bossuet vint heureusement le remplacer. — (254) *Le croissant*, pour les Turcs.
— (256) *Idumées.* La véritable forme de l'adjectif est *iduméennes*. L'Idu-
mée est la terre d'Edom, en Palestine; elle était fertile en palmiers. —(261) *De
sens froid* Telle est la leçon de toutes les éditions du dix-septième et du dix-
huitième siècle. La locution a changé d'orthographe et de sens ; nous écri-
vons aujourd'hui · *de sang-froid* — (262) *Iris.* Ce nom, comme ceux de
Chloris, de Philis, etc , est fréquent dans la poésie galante du dix-septième
siècle. — (265) *Affété.* Même étymologie que *affecté* (*ad-factus*). Cf. les formes :
afféterie et *affectation.* — (266) *Où.* Cf. note du v. 4 (*Sat.* V).

La satire, en leçons, en nouveautés fertile,
Sait seule assaisonner le plaisant et l'utile,
Et, d'un vers qu'elle épure aux rayons du bon sens,
Détromper les esprits des erreurs de leur temps.   270
Elle seule, bravant l'orgueil et l'injustice,
Va jusque sous le dais faire pâlir le vice ;
Et souvent sans rien craindre, à l'aide d'un bon mot,
Va venger la raison des attentats d'un sot.
C'est ainsi que Lucile, appuyé de Lélie,   275
Fit justice en son temps des Cotins d'Italie,
Et qu'Horace, jetant le sel à pleines mains,
Se jouait aux dépens des Pelletiers romains.
C'est elle qui, m'ouvrant le chemin qu'il faut suivre
M'inspira dès quinze ans la haine d'un sot livre,   280
Et sur ce mont fameux, où j'osai la chercher,
Fortifia mes pas et m'apprit à marcher.
C'est pour elle, en un mot, que j'ai fait vœu d'écrire.
    Toutefois, s'il le faut, je veux bien m'en dédire,
Et, pour calmer enfin tous ces flots d'ennemis,   285
Réparer en mes vers les maux qu'ils ont commis.
Puisque vous le voulez, je vais changer de style.
Je le déclare donc : Quinault est un Virgile,
Pradon comme un soleil en nos ans a paru ;
Pelletier écrit mieux qu'Ablancourt ni Patru ;   290
Cotin, à ses sermons traînant toute la terre,
Fend les flots d'auditeurs pour aller à sa chaire ;
Saufal est le phénix des esprits relevés ;
Perrin... Bon, mon Esprit ! courage ! poursuivez,
Mais ne voyez-vous pas que leur troupe en furie   295
Va prendre encor ces vers pour une raillerie?
Et Dieu sait aussitôt que d'auteurs en courroux,
Que de rimeurs blessés s'en vont fondre sur vous !

(267) *Nouveautés*, nous dirions *actualités*. — (268) Cf. HORACE (*Ep* II, III,
343) : « *Omne tulit punctum qui miscuit utile dulci.* » « Celui-là remporte tous les
suffrages, qui sait mêler le plaisant à l'utile. » — (272) *Dais*. Ciel de-lit placé
au-dessus d'un trône. — (275) *Lucile* ou *Lucilius*. Cf. *Sat.* VII, 73 ; — *Lélie*
ou *Lélius*, consul en 140 av. J-C., ami de Scipion-Emilien, protecteur des
poètes Pacuvius et Térence. — (278) Sur *Cotin*, cf *Sat.* III, 60 ; sur *Pelletier*, cf. *Discours au Roi*, 54. — (281) *Ce mont fameux*. Le Parnasse. —
(287) On trouve déjà dans la *Satire* VIII, v. 1 : « Muse, changeons de style,
et quittons la satire. » — (290) *Ablancourt*. Perrot d'Ablancourt (1606-
1664), a fait de nombreuses traductions du grec et du latin, on les appelait les *Belles Infidèles*. Il était considéré comme un excellent écrivain,
comme une autorité *académique ;* — *Patru* Cf. *Sat.* I, 123. — (292) Boileau
avait dit, *Sat.* IV, et répété dans cette même *Satire* IX, qu'on était *assis
à l'aise* aux sermons de Cotin. — (293) *Saufal* ou *Sauval*. Cf. *Sat.* VII,
40 ; — *le phénix*, comme nous dirions : *l'oiseau rare.* Cf. LA FONTAINE,
le Corbeau et le Renard (I, 2). — (294) *Perrin*, cf. *Sat.* VII, 44.

Vous les verrez bientôt, féconds en impostures,
Amasser contre vous des volumes d'injures,   300
Traiter en vos écrits chaque vers d'attentat,
Et d'un mot innocent faire un crime d'Etat.
Vous aurez beau vanter le Roi dans vos ouvrages,
Et de ce nom sacré sanctifier vos pages ;
Qui méprise Cotin n'estime point son roi   305
Et n'a, selon Cotin, ni Dieu, ni foi, ni loi.
     Mais quoi ! répondrez-vous, Cotin nous peut-il nuire?
Et par ses cris enfin que saurait-il produire?
Interdire à mes vers, dont peut-être il fait cas,
L'entrée aux pensions où je ne prétends pas?   310
Non, pour louer un Roi que tout l'univers loue,
Ma langue n'attend point que l'argent la dénoue,
Et, sans espérer rien de mes faibles écrits,
L'honneur de le louer m'est un trop digne prix ;
On me verra toujours, sage dans mes caprices,   315
De ce même pinceau dont j'ai noirci les vices
Et peint du nom d'auteur tant de sots revêtus,
Lui marquer mon respect, et tracer ses vertus.
Je vous crois ; mais pourtant on crie, on vous menace.
Je crains peu, direz-vous, les braves du Parnasse.   320
Hé ! mon Dieu, craignez tout d'un auteur en courroux,
Qui peut... — Quoi? — Je m'entends. — Mais encor? —
                                        [Taisez-vous.

---

(302) « Cotin, dans un de ses écrits, m'accusait d'être criminel de lèse-majesté divine et humaine. » (BOILEAU) — (310) *Pensions*. Boileau n'eut une pension qu'en 1669. Quoi qu'il en dise, il y *prétendait*, mais il n'y voulait arriver que par sa franchise et par son talent. Louis XIV, à qui il lut sa Ire épître, le fit inscrire lui-même sur la *feuille*, et plus tard, c'est encore le Roi qui imposa Boileau à l'Académie française ; — *Ou.* Cf. note du v. 4 (*Sat.* V). — (317) Comprendre ainsi ce vers : « Et peint tant de sots revêtus du nom d'auteur » ; l'inversion est presque obscure. — (320) *Braves*. Au sens de l'italien *bravo*, spadassin, fanfaron.

SATIRE X

(1692-1694)

(CONTRE LES FEMMES)

AU LECTEUR

Voici enfin la Satire qu'on me demande depuis si longtemps. Si j'ai tant tardé à la mettre au jour, c'est que j'ai été bien aise qu'elle ne parût qu'avec la nouvelle édition qu'on faisait de mon livre [1], où je voulais qu'elle fût insérée. Plusieurs de mes amis, à qui je l'ai lue, en ont parlé dans le monde avec de grands éloges, et ont publié que c'était la meilleure de mes Satires [2]. Ils ne m'ont pas en cela fait plaisir. Je connais le public : je sais que naturellement il se révolte contre ces louanges outrées qu'on donne aux ouvrages avant qu'ils aient paru, et que la plupart des lecteurs ne lisent ce qu'on leur a élevé si haut qu'avec un dessein formé de le rabaisser.

Je déclare donc que je ne veux point profiter de ces discours avantageux ; et non seulement je laisse au public son jugement libre, mais je donne plein pouvoir à tous ceux qui ont tant critiqué mon *Ode sur Namur* d'exercer aussi contre ma Satire toute la rigueur de leur critique. J'espère qu'ils le feront avec le même succès ; et je puis les assurer que tous leurs discours ne m'obligeront point à rompre l'espèce de vœu que j'ai fait de ne jamais défendre mes ouvrages, quand on n'en attaquera que les mots et les syllabes. Je saurai fort bien soutenir contre ces censeurs Homère, Horace, Virgile, et tous ces autres grands personnages dont j'admire les écrits ; mais pour mes écrits, que je n'admire point, c'est à ceux qui les approuveront à trouver des raisons pour les défendre C'est tout l'avis que j'ai à donner ici au lecteur

La bienséance néanmoins voudrait, ce me semble, que je fisse quelque excuse au beau sexe de la liberté que je me suis donnée de peindre ses vices ; mais, au fond, toutes les peintures que je fais dans ma Satire sont si générales, que, bien loin d'appréhender que les femmes s'en offensent, c'est sur leur approbation et sur leur curiosité que je fonde la plus grande espérance du succès de mon ouvrage.. J'espère que j'obtiendrai aisément ma grâce, et qu'elles ne seront pas plus choquées des prédications que je fais contre leurs défauts dans cette Satire, que des satires que les prédicateurs font tous les jours en chaire contre ces mêmes défauts

(1) La *Satire* X parut d'abord en édition séparée —(2) BAYLE (*Dictionnaire*, article *Barbe*, note A) dit : « C'est, ce me semble, le chef-d'œuvre de M. Despréaux. » Cette Satire a été également admirée par Arnauld et par LA BRUYÈRE (Préface du *Discours à l'Académie française*).

SATIRE X

Nous ne donnons de cette Satire, fort longue et souvent très déplaisante, que des fragments. — Au début, Boileau suppose qu'il s'entretient avec un de ses amis, Alcippe, qui a résolu de se marier. Le satirique
cherche à le détourner de ce projet, en lui faisant le portrait de la femme
coquette, de la femme jalouse, de la femme acariâtre, etc.. Nous citons
les passages sur *le jeu, l'avarice, la préciosité.*

Eh ! que serait-ce donc si, le démon du jeu
Versant dans son esprit sa ruineuse rage,
Tous les jours, mis par elle à deux doigts du naufrage,
Tu voyais tous tes biens, au sort abandonnés,
Devenir le butin d'un pique ou d'un sonnez?   5
Le doux charme pour toi de voir, chaque journée,
De nobles champions ta femme environnée,
Sur une table longue et façonnée exprès,
D'un tournoi de bassette ordonner les apprêts !
Ou, si par un arrêt la grossière police   10
D'un jeu si nécessaire interdit l'exercice,
Ouvrir sur cette table un champ au lansquenet,
Ou promener trois dés chassés de son cornet !
Puis sur une autre table, avec un air plus sombre,
S'en aller méditer une vole au jeu d'hombre ;   15
S'écrier sur un as mal à propos jeté ;
Se plaindre d'un gâno qu'on n'a point écouté ;
Ou, querellant tout bas le ciel qu'elle regarde,
A la bête gémir d'un roi venu sans garde !
Chez elle, en ces emplois, l'aube du lendemain   20
Souvent la trouve encor les cartes à la main ;
Alors, pour se coucher les quittant, non sans peine,
Elle plaint le malheur de la nature humaine,
Qui veut qu'en un sommeil où tout s'ensevelit

(5) *Pique* « Terme du jeu de piquet » : — *Sonnez* « Les deux six, terme
du jeu de trictrac. » (BOILEAU) — (15) *Bassette, lansquenet, hombre, bête*
« Bassette, jeu de cartes semblable au lansquenet (italien, *bassetta*), connu
depuis très longtemps en Italie, d'où un noble Vénitien l'apporta en France,
où il était ambassadeur en 1678. — Le *lansquenet* nous est venu d'Allemagne, c'est le nom des fantassins allemands. — *Hombre*, jeu de cartes pris
des Espagnols, qui se joue avec quarante cartes, après avoir ôté du jeu les
huit, les neuf et les dix, et avoir donné à chaque joueur neuf cartes trois à
trois et par ordre. *Hombre, homme,* « comme si, dit Richelet, ce jeu était si
excellent qu'il dût porter le nom d'*homme.* Ou plutôt celui qui fait jouer,
s'appelant *hombre*, l'homme, n'est-ce pas son nom qui a passé au jeu? »
(E. LITTRÉ) — (17) *Gâno.* Terme du jeu d'hombre. « Le *gâno* signifie : laissez-moi venir la main, j'ai le roi ; espagnol *gano, je gagne* » (E. LITTRÉ) —
(19) *Bête.* Jeu de cartes.

Tant d'heures sans jouer se consument au lit.   25
Toutefois en partant la troupe la console,
Et d'un prochain retour chacun donne parole.
C'est ainsi qu'une femme en doux amusements
Sait du temps qui s'envole employer les moments ;
C'est ainsi que souvent par une forcenée   30
Une triste famille à l'hôpital traînée
Voit ses biens en décret sur tous les murs écrits
De sa déroute illustre effrayer tout Paris.
   Mais que plutôt son jeu mille fois te ruine,
Que si, la famélique et honteuse lésine   35
Venant mal à propos la saisir au collet,
Elle te réduisait à vivre sans valet,
Comme ce magistrat de hideuse mémoire,
Dont je veux bien ici te crayonner l'histoire.
   Dans la robe on vantait son illustre maison :   40
Il était plein d'esprit, de sens et de raison ;
Seulement pour l'argent un peu trop de faiblesse
De ces vertus en lui ravalait la noblesse.
Sa table toutefois, sans superfluité,
N'avait rien que d'honnête en sa frugalité.   45
Chez lui deux bons chevaux, de pareille encolure,
Trouvaient dans l'écurie une pleine pâture,
Et, du foin que leur bouche au râtelier laissait,
De surcroît une mule encor se nourrissait.
Mais cette soif de l'or qui le brûlait dans l'âme   50
Le fit enfin songer à choisir une femme,
Et l'honneur dans ce choix ne fut point regardé.
Vers son triste penchant son naturel guidé
Le fit, dans une avare et sordide famille,
Chercher un monstre effreux sous l'habit d'une fille :   55
Et, sans trop s'enquérir d'où la laide venait,
Il sut, ce fut assez, l'argent qu'on lui donnait.
Rien ne le rebuta, ni sa vue éraillée,
Ni sa masse de chair bizarrement taillée :
Et trois cent mille francs avec elle obtenus   60
La firent à ses yeux plus belle que Vénus.
Il l'épouse ; et bientôt son hôtesse nouvelle,

---

(32) *Décret.* Ordonnance de *saisie.* — (33) *Illustre.* Fameuse. — (38) *Magistrat.* Le lieutenant-criminel Tardieu. — (40) *Robe.* Magistrature. —
(55) Tardieu avait épousé Marie Ferrier, fille d'un ministre protestant.
On croit que Racine l'a désignée dans *les Plaideurs* sous ce nom : *la
pauvre Babonette.* — (57) *Eraillée. Erailler* signifie . rouler en dehors. Les
paupières de ses yeux étaient retournées. Se dit aujourd'hui de la voix,
au sens de *distendue.* — (61) Tallemant des Réaux qui, dans ses *Histo-
riettes* (V. p. 48), a donné force détails sur ce couple célèbre, dit au contraire que M*** Tardieu était *bien faite.*

Le prêchant, lui fit voir qu'il était, au prix d'elle,
Un vrai dissipateur, un parfait débauché.
Lui-même le sentit, reconnut son péché,   65
Se confessa prodigue, et, plein de repentance,
Offrit sur ses avis de régler sa dépense.
Aussitôt de chez eux tout rôti disparut ;
Le pain bis, renfermé, d'une moitié décrut ;
Les deux chevaux, la mule, au marché s'envolèrent ;   70
Deux grands laquais. à jeun, sur le soir s'en allèrent :
De ces coquins déjà l'on se trouvait lassé,
Et pour n'en plus revoir le reste fut chassé.
Deux servantes déjà, largement souffletées,
Avaient à coups de pied descendu les montées,   75
Et, se voyant enfin hors de ce triste lieu,
Dans la rue en avaient rendu grâces à Dieu.
Un vieux valet restait, seul chéri de son maître,
Que toujours il servit, et qu'il avait vu naître,
Et qui de quelque somme amassée au bon temps   80
Vivait encor chez eux, partie à ses dépens.
Sa vue embarrassait : il fallut s'en défaire ;
Il fut de la maison chassé comme un corsaire.
Voilà nos deux époux, sans valets, sans enfants,
Tout seuls dans leur logis libres et triomphants.   85
Alors on ne mit plus de borne à la lésine :
On condamna la cave, on ferma la cuisine ;
Pour ne s'en point servir aux plus rigoureux mois
Dans le fond d'un grenier on séquestra le bois.
L'un et l'autre dès lors vécut à l'aventure   90
Des présents qu'à l'abri de la magistrature
Le mari quelquefois des plaideurs extorquait,
Ou de ce que la femme aux voisins escroquait.
    Mais, pour bien mettre ici leur crasse en tout son lustre,
Il faut voir du logis sortir ce couple illustre :   95
Il faut voir le mari, tout poudreux, tout souillé,
Couvert d'un vieux chapeau de cordon dépouillé,
Et de sa robe, en vain de pièces rajeunie,
A pied dans les ruisseaux traînant l'ignominie.
Mais qui pourrait compter le nombre de haillons,   100
De pièces, de lambeaux, de sales guenillons,
De chiffons ramassés dans la plus noire ordure,
Dont la femme, aux bons jours, composait sa parure ?
Décrirai-je ses bas en trente endroits percés,

(75) *Montées*, escaliers. — (83) *Comme un corsaire.* Parce que M^mo T. rdieu
le considère comme *volant* le peu qu'il mange. — (89) *Séquestra.* Terme de
jurisprudence, spirituellement employé ici. — (93) Cf. RACINE (*Plaideurs*,
I, 3) « Elle eût du buvetier emporté les serviettes, Plutôt que de rentrer
au logis les mains nettes »

Ses souliers grimaçants, vingt fois rapetassés,   105
Ses coiffes d'où pendait au bout d'une ficelle
Un vieux masque pelé presque aussi hideux qu'elle?
Peindrai-je son jupon bigarré de latin,
Qu'ensemble composaient trois thèses de satin,
Présent qu'en un procès sur certain privilège   110
Firent à son mari les régents d'un collège,
Et qui, sur cette jupe, à maint rieur encor
Derrière elle faisait lire *Argumentabor*?
    Mais peut-être j'invente une fable frivole.
Démens donc tout Paris, qui, prenant la parole,   115
Sur ce sujet encor de bons témoins pourvu,
Tout prêt à le prouver, te dira : Je l'ai vu ;
Vingt ans j'ai vu ce couple, uni d'un même vice,
A tous mes habitants montrer que l'avarice
Peut faire dans les biens trouver la pauvreté,   120
Et nous réduire à pis que la mendicité.
Des voleurs, qui chez eux pleins d'espérance entrèrent,
De cette triste vie enfin les délivrèrent :
Digne et funeste fruit du nœud le plus affreux
Dont l'hymen ait jamais uni deux malheureux !   125
... Qui s'offrira d'abord? Bon, c'est cette savante
Qu'estime Roberval, et que Sauveur fréquente.
D'où vient qu'elle a l'œil trouble et le teint si terni?
C'est que sur le calcul, dit-on, de Cassini,
Un astrolabe en main, elle a, dans sa gouttière,   130
A suivre Jupiter [3] passé la nuit entière.
Gardons de la troubler. Sa science, je croi,
Aura pour s'occuper ce jour plus d'un emploi !
D'un nouveau microscope on doit, en sa présence,
Tantôt chez Delancé faire l'expérience,   135

(107) *Masque.* « La plupart des femmes portaient alors un masque de velours noir quand elles sortaient. » (BOILEAU.) — (111) *Régents*, professeurs. — (113) *Argumentabor*, c'est-à-dire : *je vais argumenter*, formulé qui annonçait les différents points de la *thèse*. Les exemplaires des thèses présentées aux Facultés étaient souvent à cette époque imprimés sur étoffe. (Cf. MOLIÈRE, *Malade imaginaire*, II, 6.) — (125) Tardieu et sa femme furent assassinés le 24 août 1665. — (127) *Roberval*. Gilles Personne, né à Roberval (Oise), mort en 1675, célèbre mathématicien, membre de l'Académie des Sciences ; — *Sauveur*, mort en 1713, fut professeur de mathématiques du duc de Bourgogne. — (129) *Cassini*. Le plus célèbre astronome du dix-septième siècle ; fut installé par Louis XIV à l'Observatoire en 1672, et y mourut en 1712 — (130) *Astrolabe*. Instrument au moyen duquel on mesure la hauteur d'un astre au-dessus de l'horizon. — *Gouttière*. Cf. MOLIÈRE (*Femmes savantes*, II, 7) : « M'ôter, pour faire bien, du grenier de céans Cette longue lunette à faire peur aux gens. » — (131) *Jupiter*. « Une des sept planètes. » (BOILEAU) — (133) *Ce jour*, aujourd'hui. — (135) *Delancé*. Fils d'un chirurgien célèbre et très riche, il consa-

... Mais qui vient sur ses pas? c'est une précieuse,
Reste de ces esprits jadis si renommés
Que d'un coup de son art Molière a diffamés.
De tous leurs sentiments cette noble héritière
Maintient encore ici leur secte façonnière. 140
C'est chez elle toujours que les fades auteurs
S'en vont se consoler du mépris des lecteurs.
Elle y reçoit leur plainte ; et sa docte demeure
Aux Perrins, aux Coras, est ouverte à toute heure.
Là, du faux bel esprit se tiennent les bureaux : 145
Là, tous les vers sont bons. pourvu qu'ils soient nouveaux.
Au mauvais goût public la belle y fait la guerre ;
Plaint Pradon opprimé des sifflets du parterre ;
Rit des vains amateurs du grec et du latin ;
Dans la balance met Aristote et Cotin ; 150
Puis, d'une main encor plus fine et plus habile,
Pèse sans passion Chapelain et Virgile ;
Remarque en ce dernier beaucoup de pauvretés.
Mais pourtant confessant qu'il a quelques beautés,
Ne trouve en Chapelain, quoi qu'ait dit la satire, 155
Autre défaut, sinon qu'on ne le saurait lire ;
Et, pour faire goûter son livre à l'univers,
Croit qu'il faudrait en prose y mettre tous les vers.

crait toute sa fortune à des expériences de physique. — Si l'on en croit Perrault, la *savante* dont on vient de lire le portrait ne serait autre que Mme de La Sablière, la célèbre protectrice de La Fontaine. — (136) *Précieuse*. Allusion probable à Mme Deshoulières, qui soutint en 1677 la *Phèdre* de Pradon contre celle de Racine. — (138) *Diffamés*, critiqués, deshonorés. — (140) *Façonnière*, qui fait des façons. — (144) *Perrin*. Cf. *Sat* IX, 97. — *Coras*. Cf. *Sat*. IX, 93. — (150) *Cotin*. Cf. *Sat*. III, 60. — Ces rapprochements ironiques entre Aristote et Cotin, Chapelain et Virgile, prouvent que nous sommes en pleine querelle des Anciens et des Modernes. — (158) *Prose...vers*. Cf. *Sat*. IX, 207.

SATIRE XI

(1698)

A M. DE VALINCOUR

(*Sur l'Honneur.*)

Boileau s'était engagé dans un procès. Son frère, Gilles Boileau, payeur de rentes de l'Hôtel de Ville, avait été accusé d'usurper un titre de noblesse pour s'exempter de payer certains impôts. C'est, dit-on, cette circonstance qui inspira à Boileau sa onzième Satire, *Sur l'Honneur.* Il la dédia à M. de Valincour. Et ce n'était ni au conseiller du Roi ni au secrétaire de la marine qu'il s'adressait, mais seulement au gentilhomme éclairé et lettré qui était son ami et celui de Racine, et qui, après la mort de ce dernier, devait le remplacer comme académicien et comme historiographe du Roi. Il faut avouer que cette Satire est faible, et de fond et de forme.

Résumé. — 1-59 : Chacun parle de l'*honneur;* mais, à y bien regarder, sous ce nom chacun aussi déguise quelque vice ou quelque erreur ; — 60-92 : qu'est-ce donc que le véritable honneur? Le monde lui-même avoue que c'est la justice et l'équité ; — 92-138 : la justice est seule estimée, même chez les méchants et chez les Barbares, et l'Evangile nous demande avant tout d'être justes ; — 139-206 : allégorie de l'Honneur et de l'Equité, qui étaient honorés pendant l'âge d'or ; mais les dieux rappellent au ciel le véritable Honneur, et un faux Honneur s'y substitue : alors on voit tous les crimes envahir la société. Le véritable Honneur veut revenir sur la terre, mais il y trouve sa place prise, et il abandonne les mortels à leur triste esclavage.

Oui, l'honneur, Valincour, est chéri dans le monde :
Chacun, pour l'exalter, en paroles abonde ;
A s'en voir revêtu chacun met son bonheur ;
Et tout crie ici-bas : L'honneur ! Vive l'honneur !
Entendons discourir sur les bancs des galères,   5
Ce forçat abhorré même de ses confrères ;
Il plaint, par un arrêt injustement donné,
L'honneur en sa personne à ramer condamné :
En un mot, parcourons et la mer et la terre ;
Interrogeons marchands, financiers, gens de guerre,   10
Courtisans, magistrats : chez eux, si je les crois,
L'intérêt ne peut rien, l'honneur seul fait la loi.
Cependant, lorsqu'aux yeux leur portant la lanterne,

(5) Suivant Brossette, Boileau fait ici allusion a l'anecdote suivante : Le duc d'Ossone, vice-roi de Naples et de Sicile, visitant un jour les galères du port, eut la curiosité d'interroger les forçats sur les causes de leur détention. Ils étaient tous, à les entendre, les plus honnêtes gens du monde : un seul eut la franchise d'avouer qu'il aurait été pendu si on lui avait rendu justice « Qu'on m'ôte d'ici ce coquin-là, dit le duc en lui rendant la liberté ; il gâterait tous ces honnêtes gens » — (11) *Croi.* Cf note du v 9 (*Sat* VIII) — (13) « Allusion au mot de Diogène le Cynique, qui portait une lanterne en plein jour, et qui disait qu'il cherchait un homme. » (BOILEAU.) —

J'examine au grand jour l'esprit qui les gouverne,
Je n'aperçois partout que folle ambition, 15
Faiblesse, iniquité, fourbe, corruption,
Que ridicule orgueil de soi-même idolâtre.
Le monde, à mon avis, est comme un grand théâtre,
Où chacun en public, l'un par l'autre abusé,
Souvent à ce qu'il est joue un rôle opposé. 20
Tous les jours on y voit, orné d'un faux visage,
Impudemment le fou représenter le sage,
L'ignorant s'ériger en savant fastueux,
Et le plus vil faquin trancher du vertueux.
Mais, quelque fol espoir dont leur orgueil les berce, 25
Bientôt on les connaît, et la vérité perce.
On a beau se farder aux yeux de l'univers :
A la fin sur quelqu'un de nos vices couverts
Le public malin jette un œil inévitable ;
Et bientôt la censure, au regard formidable, 30
Sait, le crayon en main, marquer nos endroits faux,
Et nous développer avec tous nos défauts.
Du mensonge toujours le vrai demeure maître.
Pour paraître honnête homme, en un mot, il faut l'être ;
Et jamais, quoi qu'il fasse, un mortel ici-bas 35
Ne peut aux yeux du monde être ce qu'il n'est pas.
En vain ce misanthrope aux yeux tristes et sombres
Veut, par un air riant, en éclaircir les ombres :
Le ris sur son visage est en mauvaise humeur :
L'agrément fuit ses traits, ses caresses font peur ; 40
Ses mots les plus flatteurs paraissent des rudesses,
Et la vanité brille en toutes ses bassesses.
Le naturel toujours sort et sait se montrer :
Vainement on l'arrête, on le force à rentrer ;
Il rompt tout, perce tout, et trouve enfin passage. 45
    Mais loin de mon projet je sens que je m'engage.
Revenons de ce pas à mon texte égaré.

(15-16) Ces vers rappellent ceux de MOLIÈRE (*Misanthrope*, I, 1) : « Je ne trouve partout que lâche flatterie, Qu'injustice, intérêt, trahison, fourberie.. » — (16) *Fourbe*, fourberie. — (22) *Le fou*.. Au moyen âge, les *fous* ou les *sots*, appelés *Enfants sans souci*, représentaient en costume de *fous de cour* toutes les conditions humaines; ils se contentaient de *s'orner* d'un attribut qui désignait chaque état particulier *Sot-Corrompu* était le magistrat ; *Sot-Glorieux*, le militaire ; *Sotte-Commune*, le peuple, etc...—(38) Il s'agirait ici, d'après L. Racine, du premier président de Harlay, dont Saint-Simon nous a laissé un si cruel portrait. — (39) *Le ris*. Aujourd'hui, *ris* (pour *rire*) ne s'emploie plus qu'au pluriel, et dans un sens allégorique. — (45) Cf. HORACE (*Ep.* I, X, 24). *Naturam expellas furca, tamen usque recurret.* « Chassez le naturel à coups de fourche, il reviendra toujours. » Et DESTOUCHES : « Chassez le naturel, il revient au galop » (*Le Philosophe marié.*)

L'honneur partout, disais-je, est du monde admiré ;
Mais l'honneur en effet qu'il faut que l'on admire,
Quel est-il, Valincour? pourras-tu me le dire?   50
L'ambitieux le met souvent à tout brûler ;
L'avare, à voir chez lui le Pactole rouler ;
Un faux brave, à vanter sa prouesse frivole ;
Un vrai fourbe, à jamais ne garder sa parole ;
Ce poète, à noircir d'insipides papiers;   55
Ce marquis, à savoir frauder ses créanciers;
Un libertin, à rompre et jeûnes et carême ;
Un fou perdu d'honneur, à braver l'honneur même.
L'un d'eux a-t-il raison? Qui pourrait le penser?
Qu'est-ce donc que l'honneur que tout doit embrasser?   60
Est-ce de voir, dis-moi, vanter notre éloquence,
D'exceller en courage, en adresse, en prudence ;
De voir à notre aspect tout trembler sous les cieux ;
De posséder enfin mille dons précieux ?
Mais avec tous ces dons de l'esprit et de l'âme   65
Un roi même souvent peut n'être qu'un infâme,
Qu'un Hérode, un Tibère effroyable à nommer.
Où donc est cet honneur qui seul doit nous charmer?
Quoiqu'en ses beaux discours Saint-Evremond nous prône,
Aujourd'hui j'en croirai Sénèque avant Pétrone.   70
     Dans le monde il n'est rien de beau que l'équité.
Sans elle, la valeur, la force, la bonté,
Et toutes les vertus dont s'éblouit la terre,
Ne sont que faux brillants, et que morceaux de verre.
Un injuste guerrier, terreur de l'univers,   75
Qui, sans sujet, courant chez cent peuples divers,
S'en va tout ravager jusqu'aux rives du Gange,
N'est qu'un plus grand voleur que du Tertre et Saint-Ange.
Du premier des Césars on vante les exploits ;
Mais dans quel tribunal, jugé suivant les lois,   80
Eût-il pu disculper son injuste manie?

(52) *Pactole*, fleuve de Lydie, aujourd'hui *Bagoulet*, où l'on trouve des
paillettes d'or. — (53) *Prouesse*. Se prenait alors, au singulier, dans le
sens de *courage*. — (55) *Ce poète*. Linière. — (56) *Créanciers*. Cf. *Sat.* V,
v. 102. — (57) *Libertin*. Cf. note du v. 23 (*Sat.* IV). — (60) *Tout* : tout le
monde. — (67) *Hérode*, roi de Judée (72 av. J.-C. 1 ap. J.-C.), célèbre par
le « massacre des Innocents » ; *Tibère*, empereur romain, successeur d'Auguste (mort en 37 ap. J.-C.). — (69) « Saint-Evremond a fait une disserta-
tion dans laquelle il donne la préférence à Pétrone sur Sénèque. » (BOILEAU.)
Sénèque représente la morale stoïcienne, Pétrone la morale épicurienne.
— (74) *Faux brillants*, c'est-à-dire diamants faux. Cf. CORNEILLE (*Polyeucte*, IV, 2) : « Et comme elle a l'éclat du verre, Elle en a la fragilité. »
— (75) *Un injuste guerrier*. « Alexandre. » (BOILEAU.) Cf. *Sat.* VIII, 99. —
(78) *Du Tertre et Saint-Ange*. « Deux fameux voleurs de grand chemin.
Ils ont péri sur la roue. » (BOILEAU.) — (81) *Manie*, folie.

Qu'on livre son pareil en France à La Reynie,
Dans trois jours nous verrons le phénix des guerriers
Laisser sur l'échafaud sa tête et ses lauriers.
C'est d'un roi que l'on tient cette maxime auguste,   85
Que jamais on n'est grand qu'autant que l'on est juste.
Rassemblez à la fois Mithridate et Sylla ;
Joignez-y Tamerlan, Genséric, Attila :
Tous ces fiers conquérants, rois, princes, capitaines,
Sont moins grands à mes yeux que ce bourgeois d'Athènes 90
Qui sut, pour tous exploits, doux, modéré, frugal,
Toujours vers la justice aller d'un pas égal.
Oui, la justice en nous est la vertu qui brille :
Il faut de ses couleurs qu'ici-bas tout s'habille ;
Dans un mortel chéri, tout injuste qu'il est,   95
C'est quelque air d'équité qui séduit et qui plaît.
A cet unique appas l'âme est vraiment sensible :
Même aux yeux de l'injuste un injuste est horrible,
Et tel qui n'admet point la probité chez lui
Souvent à la rigueur l'exige chez autrui.   100
Disons plus : il n'est point d'âme livrée au vice
Où l'on ne trouve encor des traces de justice.
Chacun de l'équité ne fait pas son flambeau ;
Tout n'est pas Caumartin, Bignon, ni Daguesseau.
Mais jusqu'en ces pays où tout vit de pillage,   105
Chez l'Arabe et le Scythe, elle est de quelque usage ;
Et du butin, acquis en violant les lois,
C'est elle entre eux qui fait le partage et le choix.
     Mais allons voir le vrai jusqu'en sa source même.
Un dévot aux yeux creux, et d'abstinence blême,   110
S'il n'a point le cœur juste, est affreux devant Dieu.
L'Evangile au chrétien ne dit en aucun lieu :

---

(82) *La Reynie* (1625-1707). Lieutenant de police, de 1667 à 1680. — (85) *D'un roi*. « Agésilas, roi de Sparte. » (BOILEAU.) — (87) *Mithridate* (133-64 av. J.-C.), roi de Pont, longtemps vainqueur des Romains, fut enfin vaincu par *Sylla* (158-78 av. J.-C.) ; celui-ci, nommé dictateur, ensanglanta Rome et l'Italie par ses proscriptions et mourut dans une paisible retraite (Cf. MONTESQUIEU, *Dialogue de Sylla et d'Eucrate*). — (88) *Tamerlan* (1335-1405), empereur tartare, célèbre par ses conquêtes et par ses cruautés ; — *Genséric*, roi des Vandales, prit Rome en 455, et établit l'empire des Vandales dans l'Afrique romaine ; — *Attila*, roi des Huns (ve siècle). — (89) *Capitaines*, chefs d'armées. — (90) *Ce bourgeois...* Socrate. — (94) *De ses couleurs*, c'est-à-dire que les plus malhonnêtes sont forcés de se faire passer pour honnêtes. — (100) *A la rigueur*, avec rigueur. — (104) *Caumartin* (1653-1720), intendant des finances, conseiller d'Etat ; fut, comme Lamoignon, de ces magistrats lettrés, amis de tous les grands hommes de leur temps ; — *Bignon* (1662-1743), abbé de St-Quentin, conseiller d'Etat, membre de l'Académie française, auteur de plusieurs ouvrages ; — *Daguesseau* (1668-1751), avocat

« Sois dévot ; » elle dit : « Sois doux, simple, équitable. »
Car d'un dévot souvent au chrétien véritable
La distance est deux fois plus longue, à mon avis,   115
Que du pôle antarctique au détroit de Davis.
Encor par ce dévot ne crois pas que j'entende
Tartuffe, ou Molinos et sa mystique bande :
J'entends un faux chrétien, mal instruit, mal guidé,
Et qui, de l'Evangile, en vain persuadé,   120
N'en a jamais conçu l'esprit ni la justice ;
Un chrétien qui s'en sert pour disculper le vice ;
Qui toujours près des grands, qu'il prend soin d'abuser,
Sur leurs faibles honteux sait les autoriser,
Et croit pouvoir au ciel, par ses folles maximes,   125
Avec le sacrement faire entrer tous les crimes :
Des faux dévots pour moi voilà le vrai héros.

  Mais, pour borner enfin tout ce vague propos,
Concluons qu'ici-bas le seul honneur solide,
C'est de prendre toujours la vérité pour guide ;   130
De regarder en tout la raison et la loi ;
D'être doux pour tout autre, et rigoureux pour soi ;
D'accomplir tout le bien que le ciel nous inspire ;
Et d'être juste enfin : ce mot seul veut tout dire.
Je doute que le flot des vulgaires humains   135
A ce discours pourtant donne aisément les mains ;
Et, pour t'en dire ici la raison historique,
Souffre que je l'habille en fable allégorique.

  Sous le bon roi Saturne, ami de la douceur,
L'Honneur, cher Valincour, et l'Equité, sa sœur,   140
De leurs sages conseils éclairant tout le monde,
Régnaient, chéris du ciel, dans une paix profonde.
Tout vivait en commun sous ce couple adoré :
Aucun n'avait d'enclos ni de champ séparé.
La vertu n'était point sujette à l'ostracisme,   145

---

général, devint chancelier de France. — (113) *Elle dit. Evangile* était alors
des deux genres, d'après le Dictionnaire de l'Académie et celui de Furetière. — (114) *Dévot* est pris ici, comme chez La Bruyère, dans le sens de
faux dévot. — (116) « Détroit sous le pôle arctique, près de la Nouvelle-
Zemble. » (BOILEAU.) C'est-à-dire aussi loin que d'un pôle à l'autre. —
(118) *Tartuffe*. Le héros de la célèbre comédie de Molière ; nom devenu
synonyme de *faux dévot* ; — *Molinos* (1627-1696), théologien espagnol,
qui inventa la doctrine du *Quiétisme*. Il fut condamné par le Pape Innocent XI. — (124) *Faibles*, substantif. — (139) *Saturne*, père de Jupiter,
fit régner sur la terre l'âge d'or. (Cf. VIRGILE, *Géorgiques*, I, 125.) —
(144) C'est l'utopie que J.-J. ROUSSEAU exposa, en 1755, dans son *Discours
sur l'origine de l'inégalité*. — (145) *Ostracisme*. « Loi par laquelle les Athé-
niens avaient droit de reléguer tels de leurs citoyens qu'ils voulaient. »

Ni ne s'appelait point alors un jansénisme.
L'honneur, beau par soi-même, et sans vains ornements,
N'étalait point aux yeux l'or ni les diamants ;
Et, jamais ne sortant de ses devoirs austères,
Maintenait de sa sœur les règles salutaires.   150
Mais une fois au ciel par les dieux appelé,
Il demeura longtemps au séjour étoilé.
   Un fourbe cependant, assez haut de corsage
Et qui lui ressemblait de geste et de visage,
Prend son temps, et partout ce hardi suborneur   155
S'en va chez les humains crier qu'il est l'Honneur ;
Qu'il arrive du ciel, et que, voulant lui-même
Seul porter désormais le faix du diadème,
De lui seul il prétend qu'on reçoive la loi.
A ces discours trompeurs le monde ajoute foi.   160
L'innocente Equité, honteusement bannie,
Trouve à peine un désert où fuir l'ignominie.
Aussitôt sur un trône éclatant de rubis
L'imposteur monte, orné de superbes habits.
La Hauteur, le Dédain, l'Audace l'environnent ;   165
Et le Luxe et l'Orgueil de leurs mains le couronnent.
Tout fier il montre alors un front plus sourcilleux.
Et le Mien et le Tien, deux frères pointilleux,
Par son ordre amenant les procès et la guerre,
En tous lieux, de ce pas vont partager la terre ;   170
En tous lieux, sous les noms de bon droit et de tort,
Vont chez elle établir le seul droit du plus fort.
Le nouveau roi triomphe, et, sur ce droit inique,
Bâtit de vaines lois un code fantastique ;
Avant tout aux mortels prescrit de se venger,   175
L'un l'autre au moindre affront les force à s'égorger,
Et dans leur âme, en vain de remords combattue,
Trace en lettres de sang ces deux mots : « Meurs ou tue. »
Alors, ce fut alors, sous ce vrai Jupiter,
Qu'on vit naître ici-bas le noir siècle de fer.   180
Le frère au même instant s'arma contre le frère ;
Le fils trempa ses mains dans le sang de son père ;
La soif de commander enfanta des tyrans,
Du Tanaïs au Nil porta les conquérants ;

(BOILEAU.) D'un mot grec signifiant *coquille*, parce que les citoyens inscrivaient leur vote sur une coquille. Aristide est la plus célèbre victime de l'*ostracisme*. — (146) *Un jansénisme*, une marque de jansénisme, allusion à l'exil d'Arnauld. — (153) *Corsage*, corps, buste. — (168) *Mien, Tien…* Cf. J.-J. ROUSSEAU, *Discours sur l'Inégalité* — (178) *Meurs ou tue.* Cf. CORNEILLE, *Cid*, I, 5. — (179) *Vrai*, qui n'est pas celui de la fable, mais celui de l'histoire.

L'ambition passa pour la vertu sublime ;   185
Le crime heureux fut juste et cessa d'être crime.
On ne vit plus que haine et que division,
Qu'envie, effroi, tumulte, horreur, confusion.
  Le véritable Honneur sur la voûte céleste
Est enfin averti de ce trouble funeste.   190
Il part sans différer, et, descendu des cieux,
Va partout se montrer dans les terrestres lieux :
Mais il n'y fait plus voir qu'un visage incommode ;
On n'y peut plus souffrir ses vertus hors de mode ;
Et lui-même, traité de fourbe et d'imposteur,   195
Est contraint de ramper aux pieds du séducteur.
Enfin, las d'essuyer outrage sur outrage,
Il livre les humains à leur triste esclavage ;
S'en va trouver sa sœur, et dès ce même jour,
Avec elle s'envole au céleste séjour.   200
Depuis, toujours ici riche de leur ruine,
Sur les tristes mortels le faux Honneur domine,
Gouverne tout, fait tout, dans ce bas univers ;
Et peut-être est-ce lui qui m'a dicté ces vers.
Mais en fût-il l'auteur, je conclus de sa fable
Que ce n'est qu'en Dieu seul qu'est l'honneur véritable.   205

  (188) Cf. pour tout le développement qui précède, Ovide, *Métamor-*
phoses, I, 128. — *Sur la voûte céleste*, au ciel. — *Sa sœur*. L'Équité.

SATIRE XII

(1705-1711)

(*Sur l'Equivoque.*)

Boileau avait composé cette Satire dès 1705. Il ne se résolut à la publier que dans la dernière édition qu'il préparait en 1710, et qui parut seulement en 1711, après sa mort. D'ailleurs, à cause des attaques qu'elle contient contre les jésuites, ou du moins contre les casuistes, la publication en fut interdite à Paris. Voici une partie de l'*Avertissement* écrit par Boileau en 1710.

... J'ai composé cette Satire par le caprice du monde le plus bizarre, et par une espèce de dépit et de colère poétique, s'il faut ainsi dire, qui me saisit à l'occasion de ce que je vais raconter. Je me promenais dans mon jardin d'Auteuil [1], et rêvais en marchant à un poème que je voulais faire contre les mauvais critiques de notre siècle. J'en avais déjà même composé quelques vers, dont j'étais assez content. Mais, voulant continuer, je m'aperçus qu'il y avait dans ces vers une équivoque de langue ; et, m'étant sur-le-champ mis en devoir de la corriger, je n'en pus jamais venir à bout. Cela m'irrita de telle manière, qu'au lieu de m'appliquer davantage à réformer cette équivoque, et de poursuivre mon poème contre les faux critiques, la folle pensée me vint de faire contre l'équivoque même une satire qui pût me venger de tous les chagrins qu'elle m'a causés depuis que je me mêle d'écrire. Je vis bien que je ne rencontrerais pas de médiocres difficultés à mettre en vers un sujet si sec ; et même il s'en présenta d'abord une qui m'arrêta tout court : ce fut de savoir duquel des deux genres, masculin ou féminin, je ferais le mot d'équivoque, beaucoup d'habiles écrivains, ainsi que le remarque Vaugelas, le faisant masculin. Je me déterminai pourtant assez vite au féminin, comme au plus usité des deux ; et, bien loin que cela empêchât l'exécution de mon projet, je crus que ce ne serait pas une méchante plaisanterie de commencer ma satire par cette difficulté même. C'est ainsi que je m'engageai dans la composition de cet ouvrage. Je croyais d'abord faire tout au plus cinquante ou soixante vers ; mais ensuite les pensées me venant en foule, et les choses que j'avais à reprocher à l'équivoque se multipliant, à mes yeux, j'ai poussé ces vers jusqu'à près de trois cent cinquante.

C'est au public maintenant à voir si j'ai bien ou mal réussi. Je n'emploierai point ici, non plus que dans les préfaces de mes autres écrits, mon adresse et ma rhétorique à le prévenir en ma faveur. Tout ce que je puis lui dire, c'est que j'ai travaillé cette pièce avec le même soin que toutes mes autres poésies.

(1) Cf. Épître XI, 1 *mon jardinier.*

SATIRE XII

Du langage français bizarre hermaphrodite,
De quel genre te faire, Equivoque maudite,
Ou maudit? car sans peine aux rimeurs hasardeux
L'usage encor, je crois, laisse le choix des deux.
Tu ne me réponds rien. Sors d'ici, fourbe insigne,   5
Mâle aussi dangereux que femelle maligne,
Qui crois rendre innocents les discours imposteurs ;
Tourment des écrivains, juste effroi des lecteurs,
Par qui, de mots confus, sans cesse embarrassée,
Ma plume, en écrivant, cherche en vain ma pensée.   10
Laisse-moi : va charmer de tes vains agréments
Les yeux faux et gâtés de tes louches amants ;
Et ne viens point ici de ton ombre grossière
Envelopper mon style, ami de la lumière.
Tu sais bien que jamais chez toi, dans mes discours,   15
Je n'ai d'un faux brillant emprunté le secours :
Fuis donc. Mais non, demeure ; un démon qui m'inspire
Veut qu'encore une utile et dernière satire,
De ce pas en mon livre exprimant tes noirceurs,
Se vienne, en nombre pair, joindre à ses onze sœurs,   20
Et je sens que ta vue échauffe mon audace.
Viens, approche : voyons malgré l'âge et sa glace,
Si ma muse aujourd'hui, sortant de sa langueur,
Pourra trouver encore un reste de vigueur.
Mais où tend, dira-t-on, ce projet fantastique?   25
Ne vaudrait-il pas mieux, dans mes vers, moins caustique,
Répandre de tes jeux le sel réjouissant,
Que d'aller contre toi, sur ce ton menaçant,
Pousser jusqu'à l'excès ma critique boutade?
Je ferais mieux, j'entends, d'imiter Benserade.   30
C'est par lui qu'autrefois, mise en ton plus beau jour,
Tu sus, trompant les yeux du peuple et de la cour,
Leur faire, à la faveur de tes bluettes folles,
Goûter comme bons mots tes quolibets frivoles.
Mais ce n'est plus le temps : le public détrompé   35
D'un pareil enjoûment ne se sent plus frappé.
Tes bons mots, autrefois délices des ruelles,

(1) *Hermaphrodite*, qui est à la fois mâle et femelle. — (11) *Charmer*.
Cf. note du v 86 (*Sat. IV*). — (17) *Démon*. Cf. note du v. 25 (*Sat. II*). —
(20) *Ses onze sœurs*. Les Satires I à XI. — (24) Boileau, en 1705, avait soixante
neuf ans. — (29) *Critique* est ici adjectif, on dit encore : esprit critique.
— (30) *Benserade* (1612-1691) avait mis en rondeaux les *Métamorphoses
d'Ovide ;* il était célèbre par une foule de petites pièces dans le genre précieux, surtout par le *Sonnet sur Job*. — (37) *Ruelles*, les salons de Précieuses.

Approuvés chez les grands, applaudis chez les belles,
Hors de mode aujourd'hui chez nos plus froids badins,
Sont des collets-montés et des vertugadins.   40
Le lecteur ne sait plus admirer dans Voiture
De ton froid jeu de mots l'insipide figure.
C'est à regret qu'on voit cet auteur si charmant,
Et pour mille beaux traits vanté si justement,
Chez toi toujours cherchant quelque finesse aiguë,   45
Présenter au lecteur sa pensée ambiguë,
Et souvent du faux sens d'un proverbe affecté,
Faire de son discours la piquante beauté.
Mais laissons là le tort qu'à ses brillants ouvrages
Fit le plat agrément de tes vains badinages.   50
Parlons des maux sans fin que ton sens de travers,
Source de toute erreur, sema dans l'univers.
Et, pour les contempler jusque dans leur naissance,
Dès le temps nouveau-né, quand la Toute-Puissance
D'un mot forma le ciel, l'air, la terre, et les flots, 55
N'est-ce pas toi, voyant le monde à peine éclos,
Qui, par l'éclat trompeur d'une funeste pomme,
Et tes mots ambigus, fis croire au premier homme
Qu'il allait, en goûtant de ce morceau fatal,
Comblé de tout savoir, à Dieu se rendre égal?   60
Il en fit sur-le-champ la folle expérience.
Mais tout ce qu'il acquit de nouvelle science
Fut que, triste et honteux de voir sa nudité,
Il sut qu'il n'était plus, grâce à sa vanité,
Qu'un chétif animal pétri d'un peu de terre,   65
A qui la faim, la soif, partout faisaient la guerre,
Et qui, courant toujours de malheur en malheur,
A la mort arrivait enfin par la douleur.
Oui, de tes noirs complots et de ta triste rage
Le genre humain perdu fut le premier ouvrage :   70
Et, bien que l'homme alors parût si rabaissé,
Par toi contre le ciel un orgueil insensé
Armant de ses neveux la gigantesque engeance,
Dieu résolut enfin, terrible en sa vengeance,
D'abîmer sous les eaux tous ces audacieux.   75
Mais, avant qu'il lâchât les écluses des cieux,
Par un fils de Noé fatalement sauvée,
Tu fus, comme serpent, dans l'arche conservée.

(40) *Collets-montés*. Sous Louis XIII, les femmes portaient des collets
de dentelle ou de lingerie, soutenus par du carton et du fil de fer. *Collet-
monté* se disait, sous Louis XIV, de ce qui était passé de mode. — *Vertu-
gadin*. Bourrelet que les dames portaient à la taille pour faire bouffer la jupe.
Même sens figuré. — (60) Allusion aux chapitres de la Genèse où est racontée
la tentation d'Ève par le démon. — (73) *Neveux*, descendants.

Et d'abord, poursuivant tes projets suspendus,
Chez les mortels restants, encor tout éperdus,   80
De nouveau tu semas tes captieux mensonges,
Et remplis leurs esprits de fables et de songes.
Tes voiles offusquant leurs yeux de toutes parts.
Dieu disparut lui-même à leurs troubles regards.
Alors tout ne fut plus que stupide ignorance,   85
Qu'impiété sans borne en son extravagance :
Puis, de cent dogmes faux la superstition,
Répandant l'idolâtre et folle illusion
Sur la terre en tous lieux disposée à les suivre,
L'art se tailla des dieux d'or, d'argent et de cuivre,   90
Et l'artisan lui-même, humblement prosterné
Aux pieds du vain métal par sa main façonné,
Lui demanda les biens, la santé, la sagesse.
Le monde fut rempli de dieux de toute espèce :
On vit le peuple fou qui du Nil boit les eaux   95
Adorer les serpents, les poissons, les oiseaux ;
Aux chiens, aux chats, aux boucs, offrir des sacrifices ;
Conjurer l'ail, l'ognon, d'être à ses vœux propices,
Et croire follement maîtres de ses destins
Ces dieux nés du fumier porté dans ses jardins.   100
Bientôt, te signalant par mille faux miracles,
Ce fut toi qui partout fis parler les oracles :
C'est par ton double sens dans leurs discours jeté
Qu'ils surent, en mentant, dire la vérité,
Et sans crainte, rendant leurs réponses normandes,   105
Des peuples et des rois engloutir les offrandes.
Ainsi, loin du vrai jour par toi toujours conduit,
L'homme ne sortit plus de son épaisse nuit.
Pour mieux tromper ses yeux ton adroit artifice
Fit à chaque vertu prendre le nom d'un vice :   110
Et par toi, de splendeur faussement revêtu,
Chaque vice emprunta le nom d'une vertu.
Par toi l'humilité devint une bassesse ;
La candeur se nomma grossièreté, rudesse ;
Au contraire, l'aveugle et folle ambition   115
S'appela des grands cœurs la belle passion ;
Du nom de fierté noble on orna l'impudence,
Et la fourbe passa pour exquise prudence :
L'audace brilla seule aux yeux de l'univers ;
Et pour vraiment héros, chez les hommes pervers,   120

(95) BOSSUET dit de l'Egypte : « Tout était Dieu, excepté Dieu lui-même. »
(Disc. sur l'Hist. universelle, 3ᵉ partie.) — (105) *Normandes.* Boutade tradi-
tionnelle et fréquente chez Boileau contre l'esprit processif des Normands.
— (118) *La fourbe*, pour la *fourberie* Cf. CORNEILLE, *Polyeucte* (V 1).

On ne reconnut plus qu'usurpateurs iniques,
Que tyranniques rois censés grands politiques,
Qu'infâmes scélérats à la gloire aspirants,
Et voleurs revêtus du nom de conquérants.
Mais à quoi s'attacha ta savante malice?   125
Ce fut surtout à faire ignorer la justice.
Dans les plus claires lois ton ambiguïté
Répandant son adroite et fine obscurité,
Aux yeux embarrassés des juges les plus sages,
Tout sens devint douteux, tout mot eut deux visages ; 130
Plus on crut pénétrer, moins on fut éclairci :
Le texte fut souvent par la glose obscurci ;
Et, pour comble de maux, à tes raisons frivoles
L'éloquence prêtant l'ornement des paroles,
Tous les jours accablé sous leur commun effort,   135
Le vrai passa pour faux, et le bon droit eut tort.
Voilà comment, déchu de sa grandeur première,
Concluons, l'homme enfin perdit toute lumière,
Et, par tes yeux trompeurs se figurant tout voir,
Ne vit, ne sut plus rien, ne put plus rien savoir.   140
De la raison pourtant, par le vrai Dieu guidée,
Il resta quelque trace encor dans la Judée.
Chez les hommes ailleurs sous ton joug gémissants,
Vainement on chercha la vertu, le droit sens :
Car qu'est-ce, loin de Dieu, que l'humaine sagesse? 145
Et Socrate, l'honneur de la profane Grèce,
Qu'était-il, en effet, de près examiné,
Qu'un mortel par lui-même au seul mal entraîné,
Et, malgré la vertu dont il faisait parade,
Très équivoque ami du jeune Alcibiade?   150
Oui, j'ose hardiment l'affirmer contre toi,
Dans le monde idolâtre, asservi sous ta loi,
Par l'humaine raison de clarté dépourvue,
L'humble et vraie équité fut à peine entrevue ;
Et, par un sage altier, au seul faste attaché,   155
Le bien même accompli souvent fut un péché.
Pour tirer l'homme enfin de ce désordre extrême,
Il fallut qu'ici-bas Dieu, fait homme lui-même,
Vînt du sein lumineux de l'éternel séjour
De tes dogmes trompeurs dissiper le faux jour.   160
A l'aspect de ce Dieu les démons disparurent ;
Dans Delphes, dans Délos, tes oracles se turent :
Tout marqua, tout sentit sa venue en ces lieux ;
L'estropié marcha, l'aveugle ouvrit les yeux.
Mais bientôt contre lui ton audace rebelle   165
Chez la nation même à son culte fidèle
De tous côtés arma tes nombreux sectateurs,

Prêtres, pharisiens, rois, pontifes, docteurs.
C'est par eux que l'on vit la vérité suprême
De mensonge et d'erreur accusée elle-même,   170
Au tribunal humain le Dieu du ciel traîné,
Et l'auteur de la vie à mourir condamné.
Ta fureur toutefois à ce coup fut déçue,
Et pour toi ton audace eut une triste issue.
Dans la nuit du tombeau ce Dieu précipité   175
Se releva soudain tout brillant de clarté ;
Et partout sa doctrine, en peu de temps portée,
Fut du Gange et du Nil et du Tage écoutée ;
Des superbes autels à leur gloire dressés
Tes ridicules dieux tombèrent renversés ;   180
On vit en mille endroits leurs honteuses statues
Pour le plus bas usage utilement fondues,
Et gémir vainement Mars, Jupiter, Vénus,
Urnes, vases, trépieds, vils meubles devenus.
Sans succomber pourtant tu soutins cet orage,   185
Et, sur l'idolâtrie enfin perdant courage,
Pour embarrasser l'homme en des nœuds plus subtils,
Tu courus chez Satan brouiller de nouveaux fils.
Alors, pour seconder ta triste frénésie,
Arriva de l'enfer ta fille l'Hérésie.   190
Ce monstre, dès l'enfance à ton école instruit,
De tes leçons bientôt te fit goûter le fruit ;
Par lui l'erreur, toujours finement apprêtée,
Sortant pleine d'attraits de sa bouche empestée,
De son mortel poison tout courut s'abreuver,   195
Et l'Eglise elle-même eut peine à s'en sauver,
Elle-même deux fois, presque toute arienne,
Sentit chez soi trembler la vérité chrétienne,
Lorsqu'attaquant le Verbe et sa divinité,
D'une syllabe impie un saint mot augmenté   200
Remplit tous les esprits d'aigreurs si meurtrières,
Et fit de sang chrétien couler tant de rivières.
Le fidèle, au milieu de ces troubles confus,
Quelque temps égaré, ne se reconnut plus ;
Et dans plus d'un aveugle et ténébreux concile   205
Le mensonge parut vainqueur de l'Evangile.
Mais à quoi bon ici du profond des enfers,
Nouvel historien de tant de maux soufferts,
Rappeler Arius, Valentin et Pélage,

(198) *Arienne*. L'hérésie d'Arius, combattue par saint Augustin, faillit
diviser l'Eglise naissante. — (200) *D'une syllabe*. Les docteurs de l'Eglise
disaient que le Fils est de la *même* substance que le Père, *omousios* ; —
les ariens qu'il est de substance *semblable*, *omoiousios*. — (205) Vingt con-
ciles furent tenus par les ariens, de 318 à 360. — (209) *Valentin*, héré-

Et tous ces fiers démons que toujours d'âge en âge 210
Dieu, pour faire éclaircir à fond ses vérités
A permis qu'aux chrétiens l'enfer ait suscités?
Laissons hurler là-bas tous ces damnés antiques,
Et bornons nos regards aux troubles fanatiques
Que ton horrible fille ici sut émouvoir, 215
Quand Luther et Calvin, remplis de ton savoir,
Et soi-disant choisis pour réformer l'Eglise,
Vinrent du célibat affranchir la prêtrise,
Et, des vœux les plus saints blâmant l'austérité,
Aux moines las du joug rendre la liberté. 220
Alors, n'admettant plus d'autorité visible,
Chacun fut de la foi censé juge infaillible ;
Et, sans être approuvé par le clergé romain,
Tout protestant fut pape une bible à la main.
De cette erreur dans peu naquirent plus de sectes 225
Qu'en automne on ne voit de bourdonnants insectes
Fondre sur les raisins nouvellement mûris,
Ou qu'en toutes saisons, sur les murs à Paris,
On ne voit affichés de recueils d'amourettes,
De vers, de contes bleus, de frivoles sornettes, 230
Souvent peu recherchés du public nonchalant,
Mais vantés à coup sûr du Mercure galant.
Ce ne fut plus partout que fous anabaptistes,
Qu'orgueilleux puritains, qu'exécrables déistes :
Le plus vil artisan eut ses dogmes à soi, 235
Et chaque chrétien fut de différente loi.
La Discorde, au milieu de ces sectes altières,
En tout lieu cependant déploya ses bannières ;
Et ta fille, au secours des vains raisonnements
Appelant le ravage et les embrasements, 240
Fit, en plus d'un pays, aux villes désolées
Sous l'herbe en vain chercher leurs églises brûlées.
L'Europe fut un champ de massacre et d'horreur ;
Et l'orthodoxe même, aveugle en sa fureur,
De tes dogmes trompeurs nourrissant son idée, 245
Oublia la douceur aux chrétiens commandée ;
Et crut, pour venger Dieu de ses fiers ennemis,
Tout ce que Dieu défend légitime et permis.
Au signal tout à coup donné pour le carnage,

siarque du deuxième siècle, né en Egypte. — *Pélage* (IVe siècle), auteur d'une doctrine de la grâce, combattue par saint Augustin, et reprise par les jansénistes. — (232) *Mercure galant*, petit journal littéraire et mondain, fondé en 1672, et qui, rédigé à cette époque par Fontenelle, soutenait les *modernes* contre les *anciens*. — (233) *Anabaptistes*. Hérétiques du seizième siècle, qui prétendaient que le baptême donné aux enfants était nul et qu'il fallait rebaptiser les adultes (grec *ana* : de nouveau).

Dans les villes, partout, théâtres de leur rage,   250
Cent mille faux zélés, le fer en main courants,
Allèrent attaquer leurs amis, leurs parents,
Et, sans distinction, dans tout sein hérétique
Pleins de joie enfoncer un poignard catholique :
Car quel lion, quel tigre égale en cruauté   255
Une injuste fureur qu'arme la piété?
Ces fureurs, jusqu'ici du vain peuple admirées,
Etaient pourtant toujours de l'Eglise abhorrées ;
Et, dans ton grand crédit pour te bien conserver,
Il fallait que le ciel parût les approuver :   260
Ce chef-d'œuvre devait couronner ton adresse.
Pour y parvenir donc, ton active souplesse,
Dans l'école abusant tes grossiers écrivains,
Fit croire à leurs esprits ridiculement vains
Qu'un sentiment impie, injuste, abominable,   265
Par deux ou trois d'entre eux réputé soutenable,
Prenait chez eux un sceau de probabilité
Qui même contre Dieu lui donnait sûreté ;
Et qu'un chrétien pouvait, rempli de confiance,
Même en le condamnant, le suivre en conscience.   270
C'est sur ce beau principe, admis si follement,
Qu'aussitôt tu posas l'énorme fondement
De la plus dangereuse et terrible morale
Que Lucifer, assis dans la chaire infernale,
Vomissant contre Dieu ses monstrueux sermons,   275
Ait jamais enseignée aux novices démons.
Soudain, au grand honneur de l'école païenne,
On entendit prêcher dans l'Eglise chrétienne
Que sous le joug du vice un pécheur abattu
Pouvait, sans aimer Dieu ni même la vertu,   280
Par la seule frayeur au sacrement unie,
Admis au ciel, jouir de la gloire infinie ;
Et que, les clefs en main, sur ce seul passeport,
Saint Pierre à tous venants devait ouvrir d'abord.
Ainsi, pour éviter l'éternelle misère,   285
Le vrai zèle au chrétien n'étant plus nécessaire,
Tu sus, dirigeant bien en eux l'intention,
De tout crime laver la coupable action.
Bientôt se parjurer cessa d'être un parjure ;
L'argent à tout denier se prêta sans usure ;   290

(255) Allusion au massacre de la Saint-Barthélemy, 24 août 1572. —
(270) A partir de ce vers, Boileau attaque les casuistes, en s'inspirant
directement des *Provinciales* de Pascal. — (280) *Sans aimer Dieu.* Cf.
PASCAL, 10ᵉ *Provinciale* ; et BOILEAU, *Epître* XII, « Sur l'Amour de Dieu »
— (287) *L'intention.* Cf. 7ᵉ et 9ᵉ *Provinciales* ; et MOLIÈRE, *Tartuffe*, acte IV,
sc. 5. — (290) PASCAL, 8ᵉ *Prov.*

Sans simonie on put, contre un bien temporel,
Hardiment échanger un bien spirituel ;
Du soin d'aider le pauvre on dispensa l'avare ;
Et même chez les rois le superflu fut rare.
C'est alors qu'on trouva, pour sortir d'embarras,   295
L'art de mentir tout haut en disant vrai tout bas ;
C'est alors qu'on apprit qu'avec un peu d'adresse,
Sans crime un prêtre peut vendre trois fois sa messe ;
Pourvu que, laissant là son salut à l'écart,
Lui-même en la disant n'y prenne aucune part ;   300
C'est alors que l'on sut qu'on peut pour une pomme,
Sans blesser la justice, assassiner un homme :
Assassiner ! ah ! non, je parle improprement ;
Mais que, prêt à la perdre, on peut innocemment,
Surtout ne la pouvant sauver d une autre sorte,   305
Massacrer le voleur qui fuit et qui l'emporte.
Enfin ce fut alors que, sans se corriger,
Tout pécheur... Mais où vais-je aujourd'hui m'engager?
Veux-je d'un pape illustre, armé contre tes crimes,
A tes yeux mettre ici toute la bulle en rimes ;   310
Exprimer tes détours burlesquement pieux
Pour disculper l'impur, le gourmand, l'envieux ;
Tes subtils faux-fuyants pour sauver la mollesse,
Le larcin, le duel, le luxe, la paresse ;
En un mot, faire voir à fond développés   315
Tous ces dogmes affreux d'anathème frappés,
Que, sans peur débitant tes distinctions folles,
L'erreur encor pourtant maintient dans tes écoles?
Mais sur ce seul projet soudain puis-je ignorer
A quels nombreux combats il faut me préparer?   320
J'entends déjà d'ici tes docteurs frénétiques
Hautement me compter au rang des hérétiques,
M'appeler scélérat, traître, fourbe, imposteur,
Froid plaisant, faux bouffon, vrai calomniateur ;
De Pascal, de Wendrock, copiste misérable ;   325
Et, pour tout dire enfin, janséniste exécrable.
J'aurai beau condamner, en tous sens expliqués,
Les cinq dogmes fameux par ta main fabriqués,
Blâmer de tes docteurs la morale risible ;
C'est, selon eux, prêcher un calvinisme horrible ;   330

---

(292) Pascal, 6ᵉ et 12ᵉ *Prov.* — (293) *Id* , 9ᵉ et 12ᵉ *Prov.* — (296) *Id.,*
9ᵉ *Prov.* — (300) *Id.,* 5ᵉ *Prov.* — (302) *Id.,* 14ᵉ *Prov.* — (309) *Un pape,*
Innocent XI. — (324) *Calomniateur.* Cf. Pascal, 12ᵉ *Prov.* — (325) *Wen-*
drock. C'est sous ce pseudonyme que Nicole publia la traduction latine
des *Provinciales* (Cologne, 1670). — (328) *Les cinq dogmes.* Les cinq pro-
positions extraites par les docteurs de Sorbonne du livre de Jansénius :
Augustinus (1640)

C'est nier qu'ici-bas, par l'amour appelé,
Dieu pour tous les humains voulut être immolé ;
Prévenons tout ce bruit : trop tard, dans le naufrage,
Confus, on se repent d'avoir bravé l'orage.
Halte-là donc, ma plume. Et toi, sors de ces lieux,   335
Monstre à qui, par un trait des plus capricieux,
Aujourd'hui terminant ma course satirique,
J'ai prêté dans mes vers une âme allégorique.
Fuis, va chercher ailleurs tes patrons bien-aimés,
Dans ces pays par toi rendus si renommés,   340
Où l'Orne épand ses eaux, et que la Sarthe arrose ;
Ou, si plus sûrement tu veux gagner ta cause,
Porte-la dans Trévoux à ce beau tribunal
Où de nouveaux Midas un sénat monacal,
Tous les mois, appuyé de ta sœur l'Ignorance,   345
Pour juger Apollon tient dit-on, sa séance.

(343) *Trévoux*, aujourd'hui chef-lieu d'arrondissement dans l'Ain, était
la capitale de la principauté de Dombes. Les Jésuites y firent imprimer,
de 1701 à 1767, les *Mémoires de Trévoux*, journal littéraire. Boileau y avait
été critiqué en septembre 1703.

TABLE DES MATIÈRES

39 059. — Tours, impr. Mame.